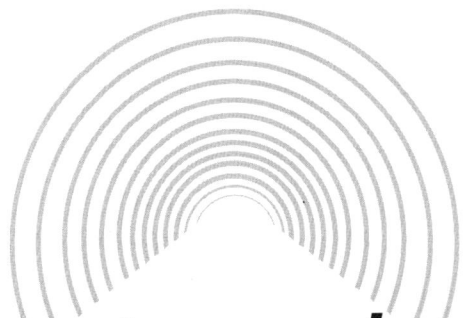

影子灯

沈俊峰 著

中国言实出版社

图书在版编目（CIP）数据

影子灯 / 沈俊峰著 . -- 北京：中国言实出版社，
2022.6

ISBN 978-7-5171-4177-8

Ⅰ . ①影⋯ Ⅱ . ①沈⋯ Ⅲ . ①散文集－中国－当代
Ⅳ . ①I267

中国版本图书馆 CIP 数据核字（2022）第 097125 号

影子灯

责任编辑：王蕙子
责任校对：张　丽

出版发行：中国言实出版社
    地　　址：北京市朝阳区北苑路180号加利大厦5号楼105室
    邮　　编：100101
    编辑部：北京市海淀区花园路6号院B座6层
    邮　　编：100088
    电　　话：010-64924853（总编室）　010-64924716（发行部）
    网　　址：www.zgyscbs.cn　电子邮箱：zgyscbs@263.net

经　　销：新华书店
印　　刷：北京温林源印刷有限公司
版　　次：2022年8月第1版　2022年8月第1次印刷
规　　格：710毫米×1000毫米　1/32　6.75印张
字　　数：131千字

定　　价：48.00元
书　　号：ISBN 978-7-5171-4177-8

目录

第一辑

亲
历

赠夕阳一个画框

一

如果将一天放大百年，那么，朝夕之间，一天颇像一个人的一生。我是什么时候对自己有了夕阳意识或者夕阳思考的呢？

是从父亲生病开始的。

今年入秋后，老父躺了一个多月，先是沉睡，一天也吃不了一碗稀饭。后来渐渐好起来，能下床了，可没挪几步又要躺回床上去。那一段时间，他直嚷嚷腿疼腰疼，一动弹就疼，疼得惊心动魄。我们以为他是神经性的疼，养养就会好，后来总也不见好，便陪他去医院检查。

医院离家不远，满打满算也就两三站路。正常人步行或骑自行车、打出租车去都很方便，可对于父亲来说，去一趟却不容易。

小弟一大早就去医院挂号，之后再来接父亲。

这几年，父母年纪大了，小弟没少陪着跑医院。他在单位夜班多，白天相对自由。大弟是教书先生，请假要调课，不到万不得已，不占用他的白天。

父亲这个状况，一个人陪他去医院肯定是不行的。

扶父亲起床，穿衣穿鞋，扶他坐轮椅。前不久从网上买来了一把轮椅，父亲再下地，就让他坐轮椅了。有了轮椅，上厕所，在屋里转悠，甚至有几次天气好去楼下散心，都方便，也减轻了他的许多痛苦。

推轮椅也需要一把力气。出门有个小门坎，要用劲按下轮椅，让两个前轮翘起来，横空跨过，再抬起后轮迈过去。小弟负责推轮椅，我下楼去发动车，将车子开到最近的地方。

打开车门，我扶父亲上车。让他慢慢抬起一只脚，托他一把，帮他坐上车座，再助他抬上另一条腿。他坐好，轻轻关好车门。小弟已将轮椅放进了后备厢，坐在了父亲身边。

准备走时，小弟特意叮嘱：按下门锁。

很快到了医院，可是大门口的保安打着手势，吼叫着，表示地库已经车满。我只好在大门口停车，扶父亲下车坐上轮椅。小弟推着父亲先进去，我去找地方停车。

开车慢慢走，在那条路上转了一个来回，也没找到停车位，只好再转回医院。医院门口的路南头东侧，提示有电子眼，泊车必拍。已经有三四辆走投无路的车停在了那里。我也准备豁出去停在那里了，任杀任剐随意吧。一念之间，我又不甘心，想再去碰碰运气。谢天谢地，大门口开始放行，地库有了空位。

我有点激动，松了一口气，熟门熟路将车开进了地库。

赶到门诊，正好轮到父亲的号。戴着口罩的女医生听了叙述，二话没说，开了一个条子，让去楼下拍片子。

从三楼要下到一楼，我急忙去按电梯。等了很久，电梯来了，却是拥挤不堪，有人竟然背对着电梯门站着。又等了一趟，还是进不去。后来碰到往上层的人少了，便先上到顶层，再慢慢下楼。

拍片室的门口围满了人，还有几个躺在护理床上被推来的病人。住院的、看门诊的，需要拍片子的都来到了这里。等吧，静心地等。急也没有用。我现在已经将心态修炼得足够好了。一边等，一边劝父亲坚持，再坚持一会。父亲在家里"事"多，到了医院倒是很有忍耐力、克制力。

父亲小声说要上厕所，小弟推着他去。回来后，继续等。电子屏幕上等待拍片的名字，密密麻麻像黑蚂蚁一般霸屏。

终于轮到父亲了。我俩将父亲推进去，扶他上床，按医生的指令让他侧身而卧。刚出来，又被医生喊住，因为父亲虚弱得侧身躺不住，需要人扶着。小弟转身就进去了。我隔着玻璃，急忙让医生稍等，提醒小弟穿上防护背心。

等的时间漫长，而拍片子不过就是"啪嚓"一声微响。

从拍片室出来，已经十一点。长舒了一口气，总算还能赶在下班前请医生看一眼。于是又进入打仗状态，匆忙往楼上赶。

跑到门诊室，十一点半了，那位女医生不在，以为她上厕所了。等不到，就去问诊台护士，说是可能已经下班了。十一点半至十二点，如果没有病人就诊，医生就能下班。

只能再来一趟了。

帮父亲洗澡也是难题。他站不了一会儿，也坐不了一会儿，但是澡必须洗。怎么洗？我和大弟商量，决定在中午天气暖和的时候洗。大弟说，只能快速洗，以闪电般的速度。

大弟练陈氏太极拳多年，说话底气足。他从学校到父母家，步行十分钟左右，可以趁午休时间来帮父亲洗澡。

待父亲睡醒，便好言好语劝他起床。他听进去了，答应了。于是，像得到了一句圣旨，大弟快速将浴霸打开，热水拧开。待水管里的凉水排尽，我们才扶父亲进浴室。

我帮父亲洗澡，是第一次，还有点不适应。大弟已经帮父亲洗过好几次，习惯了。父亲喜欢他的轻言轻语、轻手轻脚。我妈说，他当老师给小孩讲话习惯了，你爸爱听。我妈说得很有道理，老人和孩子差不多，都喜欢听好听的软话。

洗澡的速度还真是快，哪里像打太极，分明就是打咏春，却是有条不紊。我扶着父亲坐在凳子上，大弟先给他洗头。打湿，抹洗发水，轻揉一会，雪白的泡沫立刻像花朵一般盛开起来。一边洗，一边和父亲说话：快了快了；马上就好；好了好了，冲泡沫了。

父亲似乎还没有反应过来，我们就已经擦干了他头上的水。接着冲洗身子，抹上沐浴露，上下左右搓擦到位，然后扶父亲站起来，从上到下冲洗干净。

前前后后有五分钟吗？

用大浴巾包裹着父亲，扶他出门。父亲说，我的头发还没有洗呢。我们说，洗过了。父亲说，没有。父亲坚持说没有。他已经忘记洗过了。见我们不停地解释，总是不遂他的意，父亲怒了，说，你以为我不敢打你啊？我们听了就笑，说，你当然敢打，你打得还少吗？父亲不管这些，像是没听见我们的话，真的就握住瘦骨嶙峋的拳头，冲着大弟打了一下。

父亲的拳头像棉花般柔软、轻飘，就那么无力地划拉了一下，划拉得让人心疼。父亲年轻时，身体壮实，肌肉多，力气大。军工厂附近的生产队有一个姓陈的汉子，敢和水牛摔跤。有人便怂恿他，你敢和沈师傅比试比试吗？父亲七十多岁时，肌肉还没怎么退化，手上的力气还保持着年轻时的状态。有时候我们拧不开的瓶盖，拎不起的东西，他会说：给我试试。那时，我们对他仍然有点忌惮。现在，才过去多少天呢，他已经瘦得皮包骨头了。我抓着他的胳膊，一把就能箍住，满手骨感。

大弟挨了父亲一拳，笑了。我们都笑了。我妈笑的时候，脸上挂了泪。生老病死，人生之苦，是没有办法的事。

父亲看着我们，慢悠悠又说了一句：我啥时打过你们？

我说，爸，您比我们兄弟姊妹四个都有福气。

父亲瞅瞅我，听见了，却没有听明白。有时候，他的神志会有些糊涂，多梦，多幻觉。

我解释说，您看，您生个小病，我们兄弟三个轮流服侍您，整夜不睡守护着，您的女儿经常来给您做好吃的，等我们老了，就没有这个待遇了。

父亲看着我，似乎是想了想，说道：你比我有钱。

二

越来越喜欢看夕阳了，说不清楚这是为什么。小时候，闻到芹菜、芫荽的气味就恶心，不敢尝一口，长大后竟然莫名其妙喜欢了，我也说不清楚原因。

只觉得夕阳像一幅油画，壮阔大美，摄人心魄，令人痴迷。望着夕阳，我忽发奇想，夕阳就像一个人用尽一辈子才能完成的作品，一生都在为这幅画添加油彩，各人绘出来的却是千奇百态。霞光满天，流金溢彩；浮云遮日，暗哑少光；灰暗沉闷，不见容颜；或者雨雪纷飞……我固执地以为，每一种呈现都带着某种神秘的生命的气息和密码，昭示着一个人一生的全部。

事实上，人在年轻时就开始画这幅画了，只是许多人意识不到而已。

一个老人，把唯一的房产留给了儿子，待老得无法自理，就去找女儿照顾自己。女儿避而不见，让他去找儿子。老人号啕大哭，找来警察评理。我不知道警察该怎么处理。

一个朋友，近来非常消沉，痛苦自己成了孤家寡人。年轻时，他离婚又再婚，觉得命运掌握在自己手里。临近老年，妻子病了，做了大手术。他想照顾妻子，却心有余而力不足。妻子被她的亲生女儿接去照顾养老，他想跟着去，又跟不过去。在这个不是亲生的女儿家，生活的点滴和丝缕，哪儿哪儿都让他觉得别扭，不对劲，不舒服，像是身体的气脉被堵塞了，浑身都不通畅。他想回到亲生儿子那里去，可是儿子对他却非常冷淡。儿子觉得自己没有一个完整的家，都是父亲的责任。那种抹不去的怨和恨，刻进了儿子的骨髓。那种隐性的、尖锐的钝痛，像心尖上扎埋了一颗无形的图钉。

朋友一个人留守在自己家里，孤独度日。开始，他还能动手做饭，时间长了，便东一顿西一顿地凑合。他说自己无家可归、老无所依，是一个真正的老年游子。

世事皆有道。所有的因，都会有一个对应的果。因果或果因，谁能改变得了呢？以佛家言，所有的业皆为贪嗔痴慢疑而致，谁觉悟得早，谁就早得自在。可是，真正的生命慧者又有几人？

一个人一生的作为，都呈现于人生这幅夕阳的油画里了。

你画的或许是一幅情感画，或许是一幅物质画，或许是一幅精神画，或许是一幅荒诞画，或许……但是，每一笔都应该有一个原则，一种善良，一种慈悲，一种公平与正义、克制与自律，洁身自好，积极向上，富有青春活力、豁达与达观，有一种情怀、怜悯、责任与义务……你所有的生命的情愫，合力托起了自己的夕阳。

这幅画的败笔也是显而易见的，有些人欲望泛滥，自私狭隘，恶毒嫉妒，铁石心肠，不学无术，冥顽不化，我执如铁……或者一生都是无视他人，追求金钱享乐，颓废、消极、扭曲、变形、变态，甚至阴暗不见阳光。败笔的色彩混乱，无序堆积，令人惨不忍睹。乱得让人惋惜心疼，嘈杂得令人无处下脚，无从收拾。沙土积起的堤坝，面对滔滔的欲望横流，只能软塌溃败，眼睁睁地看着洪水肆虐，看着自己像太阳下的冰人，一点一点地消失，一点一点地被吞没。

一辈子的时光，一天一天，都像是零存整取，只在夕阳西下之时整体兑现。幸或不幸，穷或不穷，福或无福，只有自己感知得真切。在最后的夕阳时光,一定会有许多人顿悟,或恍然大悟,或幡然醒悟,或悔恨觉悟。人生的谜底,或者说人生的底牌,会像夕阳一样,毫无遮拦地予以最后的呈现。即使是阴雨天,也不过是你眼前的阴雨遮蔽了你的视线,夕阳仍然辉煌于阴雨之外,丝毫不受影响。

越来越喜爱夕阳了,为它的美,为它的姿容,陶醉、沉醉、迷醉。

我醉的,其实并不是我自己。

三

我对父亲说的话,是发自肺腑的真心实话。父母吃了大半辈子苦,养大了四个孩子。如今老了,生活上,他们有退休工资,老有所养;情感上,他们有四个还算孝顺的孩子,老有所依……这是他们的福分。

我的福分就少多了。

我只有一个女儿。

只有一个孩子,终是缺憾。年老时难免小病大病,若是卧床不起,更难侍候。独生子女组成的家庭,小两口面对双方家庭四个老人,真的是难以招架。怎么忍心再给孩子添负担呢。

当年,生孩子需要提早打招呼,批生育指标。女工只要怀孕了,工会专职女工委员就会盯着她的肚子。军工厂几千号人,窝在一条山沟里,吃喝拉撒睡瞒不了谁。农村老家的亲戚听说我得了一个女儿,建议把孩子抱给他们代养着,让我们再生一个。我连想也没想就拒绝了。一个就一个，女儿就女儿，只准生一个，男女都一样。那时真的不敢多生，也没有想过要多生。若超生，工作就没有了，再则，响应号召，顺应社会风尚，就像春天的草要发芽，一切自然而然。

那个时候，我觉得天上的风、地下的水都是纯净无瑕的。

真正让我感到震惊和思索的，是在两年前。父亲要做一个小手术，同病房有个女病人比我大不了几岁，做了胆结石手术。那天，病房里一下子涌进来一群姑娘，像一群蝴蝶围在她床边，叽叽喳喳个不停。再加上两三个小孩在旁边玩耍，就感觉小小的病房一下子被挤得透不过气来。那女人骄傲地介绍，这些是她的五个女儿。她解释说，第一个是女孩，老公想生儿子，结果第二胎又是一个女孩。老公不死心，接着生，到第五个，还是女孩。这回，老公死了心，长叹一口气，就此打住，认了命……

咋就能生五胎呢？女人闪闪烁烁的话语，透出了些许蛛丝马迹，一是她有那么点社会关系，二是交了一点罚款。生活的复杂与灰色像蛛网一般一下子展露在了我的面前。原来，还有这样真实的生活。想想过去，超生的其实也多，尤其是在农村，扒粮食牵牛，想怎么罚都随你便，反正孩子是要生的，不见男孩不罢休。不然的话，小品《超生游击队》也不至于一时那么火。只是，我没想到城里也有如此多生的。

农村、城市，虾有虾道，鳖有鳖路，如今都成了历史的烟云。

女儿出生没多久，厂里就给办了计划生育光荣证，每个月发六元补贴，年终去工会领。这是光荣的回赠。领了两年，我们调到了省城。夫妻不在同一个单位了，独生子女费便跟着工资发，每月各发三元，后来涨到五元，直到女儿十六岁。

2016年，国家放开二胎政策。这个消息对我而言，已经像是盛夏的竹笋——老得咬不动了，过了嫩的季节。

想起一个段子：先前有贼心没贼胆，现在有了贼心和贼胆，贼不行了。按《黄帝内经》的说法，女人七七四十九岁，男人八八六十四岁，是一个大坎。我离六十四还远，可是另一个已经过了四十九。一切免谈。男人女人本就不是一个样子。浑身的劲使不上，是一种充满了遗憾的悲凉的绝望。

也罢，我这一季庄稼任它歉收、任它雨打风吹去吧。

将来，等我老了，或者病了，就别拖累女儿了，女儿的力气也不够。真到了那一天，就找护工。有人说护工与儿女无法相比，这也不一定，或许护工更专业、更有耐心呢。真若是到了那般没有生活质量的不堪的日子，还去计较这些鸡毛蒜皮有什么意义呢？

生得好，病得晚，死得快。这样的人生希求若是成真，倒是不失为人生大福。若是无病无灾寿终正寝，岂不是更妙？

大弟晚上值夜的时候，如果父亲睡着，没事，他要么看书，要么站在那像树桩似的一动不动。他在练功。那天，他拿回来一个陈式太极拳第十二代传人的证书。

他和师傅有一张合影。他的师傅八十多岁，精神矍铄，功夫在身，几个年轻人也抗不过他。大弟说，师傅教他们练功的架势，就像个年轻人。这应该得益于常年练太极拳。我想起了我的体育老师，我读师范时，他每天晨起领着我们跑步、做广播体操。我们上早自习，他在广场上打太极拳。如今，近百岁的他仍然身体硬朗，面色红润润的。

我们兄弟姊妹四人，都只有一个孩子，离退休衰老的日子已经不远。父亲的突然生病，成了摆在我们面前的一面令人害怕的镜子。如果没有一个好身体，一切的一切还有什么意义呢？

我对大弟说，咱们要自救。

大弟一愣，什么自救？

我说，你先给咱家办一个太极拳培训班吧。

大弟非常乐意地答应了。他教大家先从站桩开始。他说，就这样站桩，坚持站个一年半载，身体自然会慢慢向好。

那天晚上，小弟来陪父亲，一进门就累得歪坐于沙发上。他确实是累一天了。但是，锻炼也是一个习惯问题。我说，你不能练练站桩吗？他说有点累，也没有时间。我说，如果你重视，总会有时间；没有时间，只能说明你还不够重视。

小弟强打起精神，开始站桩，不过十分钟，便浑身发热冒汗。其实，跑步、站桩、打太极拳之类的，花费不了多长时间，每天半个小时已经足够，若能日积月累，效果非常惊人。若是借口躲避锻炼，不过是抗拒不了内心的浮躁。

从现在开始，为自己，为孩子，为亲人，为社会，为国家，就此觉醒，我要站桩，锻炼身体，让自己有一个高质量的幸福晚年，让自己完成一幅流金溢彩的夕阳画作。

最后，我还要赠夕阳一个画框。

原载《海燕》2022 年第 2 期

沉　吟

疼痛的前方

"能不能写写你姥姥？"

"姥姥怎么了？"

姥姥有个侄子，不，应该说是姥爷有个侄子。可是姥爷很早就死了，是灾害那一年死的。小脚的姥姥拉扯着三个年幼的孩子，住到了庄子西头，庄子东头的老宅子暂时闲着了。这个老宅子是祖上留下来的，姥姥的侄子盯上了这个老宅子。

侄子找到姥姥，要借宅子用，反正这宅子闲着也是闲着。姥姥心善，性子温和，与世无争，对人热心，况且借宅子的是本家亲戚——亲侄子，就答应了。

老宅子有两间半房子宽，带一个小院子。侄子一家住了进去，就把宅子当成了自家的，先在院子里搭一个大棚子，开始养猪，再把宅子里的几棵老树砍了，栽了新树。

姥姥找侄子说这事，咋把树砍了？侄子自觉理亏，就找一个借口，说这宅子算我租的，给你十块钱吧。姥姥不是一个善争的人，见他这样，叹口气，也就算了，毕竟念着亲戚之情。十多年过去，我大舅要结婚，姥姥想着要回老宅子，让大舅分出去住。没想到侄子竟然赖账不给了。侄子说，这房子是我租的，给了你十块钱呢。姥姥很无奈，说你住了十几年了。为了要回老宅子，姥姥说这十块钱我还给你吧，我不要了。姥姥还是念着亲情。那侄子收了十块钱，却还是住着老宅子不还。

姥姥没有办法，就去大队找干部。大舅也去大队找干部。总得有个说理的地方。找了无数次，大队干部都是打马虎眼，就是不出面解决。因为那侄子的亲弟弟在大队当会计。一趟趟去找，一次次被敷衍，没有一个公正结果。宅子要不回来，硬是被侄子霸占了。

家里没有强势之人，就会受人欺负，弱肉强食，自古如此。姥姥心中是如何滴血地痛，已经不得而知。如今这件事成了母亲心中的痛。母亲说："你姥姥这辈子过得太苦了。"

这事已经很遥远，我不知道该对母亲说些啥。几年前，我推荐母亲看李佩甫的小说，书中写了一个老实本分的农民，一觉醒来发现自己家的大树长到别人家的院子里去了，村干部邻居私自扩大了自家的围墙，把他家的树霸占进去了。这个农民平白无故受欺负，一趟趟去找村干部，"说说，这事得说说，这事一定得说说。"可是终究也没人给他"说"出一个公正的结果。母亲看了这本书，对我复述过好几回这个情节。母亲说："农村就是这样的。"我现在才明白，母亲那是有感而发，心中的痛被小说激活了。

因为弱小而受人欺侮，这样的事实在太多，像野草一样难以铲尽。吴官正同志在《闲来笔潭》一书中写过这样一件事：

最别扭的是，我家偏房出口的东边不到一米，就是邻居家的厕所，而偏房是我家做饭和吃饭的地方。每当我们吃早饭时，他就来拉屎，实在臭不可闻。几经交涉，邻家就是不迁走厕所，找村干部，也不管。有一天，父亲忍无可忍，要拿砍柴刀去拼命。母亲拽着他，大声喊我进去。我拉着父亲，哭着说："你怎么这样糊涂，杀了人要抵命的，家里就你这一个劳动力，以后我们怎么过？你下决心送我读书，我们家总有出头的日子！"父亲软了下来，说："旧社会受人欺侮，解放了还这样，日子怎么过？"这个臭厕所直到我上大学后，也不知什么原因，才迁到了离我家十多米远的南边。到我从清华大学研究生毕业参加工作后，用落实政策补发的六百多元钱，把这旧房拆除，在前面盖了三间平房，总算了却父母的心愿，弟弟找对象时才有了一幢砖瓦房。

读这段文字时，我还在中央纪委西院上班，感触尤深。那天中午和同事散步，说起吴官正写的这段文字，同事回头看了一眼我们身后的大院，说，在这里上班的最大好处，是不会受人欺负。记不清是哪个同事了，却记住了这句话。由此感叹，人生在世，要么强大，要么放下，要么为弱小者不受欺负去努力。

不想让母亲再为这事纠结或痛苦。疼痛的现实已经无法改变，那就放下。

所谓的放下，并不是要我们放下事业和家庭，是放下虚荣、贪欲和怨憎。怨憎是人生八苦之一，当然要放下，放下才能得自在。肩挑手提，终是负重，放下才会轻松。但是，放下，并非是忘记。

母亲其实已经放下了。前几年，村里有个小伙子来北京做生意，打着我小舅的旗号找过我。他在电话中说了一大堆我们是怎样怎样的亲戚，我听不明白，只知道他是姥姥庄子里来的，是同门亲戚。对他的要求，我尽力而为了。后来，我和母亲说起这事，母亲当时没说啥，只是笑笑。现在我才知道，这个找我的小伙子，就是霸占我家老宅子那个人的孙子。我很想知道，这个孙子是否知道他爷爷曾经的无赖和无耻？抑或，他是否从此不会有他爷爷那样的无赖和无耻？然而人性的盲点和黑洞，已经令我厌倦了，便不再细究了。

母亲那时没告诉我姥姥的这一段经历，说明她没有刻意记在心里，或者不想让我受到影响。果然，母亲说，都过去了。那意思，已经烟消云散了。自从小舅从部队退伍回到村里，那个侄子的儿子逢年过节还去看看我姥姥，嘴上亲得不得了，就像啥事也没发生。姥姥没说啥，也像啥事都没发生，直到她老人家福寿九十多岁去世。

写出这件事，是记住，也是放下，当然还有其他。

青春的记忆

还有几天就过年了。

正在影院里看电影，手机震动了，是小勇。小勇问候我新年好，然后喜滋滋地逗我："哥，名人呀，一吃面条，一说，都知道你家。"这些文字后面，是一串笑脸。我觉得好笑，便也逗他："俺庄上的村民连我的小名叫啥都知道。"

小勇说，他给公司往各地送货，路过我的家乡，特意停在镇上一家小饭馆吃了一碗面条。几十年过去了，他竟然还记得我老家在哪里，连我都很少回去了。他问店老板是否认识我。店老板说认识呀，就是"咱这里沈庄出去的人"。

想起小勇那一段最艰难的时日，很像眼前这部电影中的主人公，绝望与希望拼杂在一起，然后，往生一个新的世界。只是，他往生的是心灵的自我折磨和救赎。而时间能改变一切。

小勇是我的发小，比我小几岁，如今也已年过半百了。人生好像很容易就过到了半百，如果没有诸多过往的有意思的人或事来填充，还真以为做个梦就变老了呢。

那时候，我们两家住同一栋平房，砖木结构。他家住东头，中间依次隔着马家、张家、沈家，然后到我家，西边还有吴家，后来调走了。这是二十世纪七十年代，大山里的三线厂职工都习惯了过艰苦日子。住得拥挤，每家每户便在门前搭一间竹篱笆糊黄泥、盖油毛毡和茅草的棚子，做厨房，放杂物，有的也住人。

我们的父辈是老乡，又是好友。两人的老家同属一个专区，两县相距不远。离开家乡的人好讲乡情，以慰藉情怀，抱团取暖。我们这一帮孩子天天在一起无忧无虑地疯玩，收藏烟盒糖纸、推铁环、摔跤，去翻砂车间拣小铁球当玻璃弹子，或者分两派去大河滩的草地上打架……

小勇家有一个亲戚在县里当领导，于是他们调到了家乡的酒厂。小勇自然也跟着父母走了。

那家酒厂当时正红火，经常在电视里播广告。看到那个广告，我就会想到小勇。

1982年，我师范毕业参加工作的第一个春节，父亲领我回老家过年，特意绕道去了小勇家。小勇那时上高中，迷恋武术，大冷的天只穿一套运动衣，领着我在县城转悠，走着走着，突然就会来一个飞腿或一套拳脚组合，然后是一脸阳光的笑容。那次，我俩以县城里那座著名的历史名塔做背景，很认真地拍了一张合影，至今还保留在相册里。

后来，听说他高中毕业顶替父亲，也成了酒厂职工，专门做销售。十年后，我调到省城，之后在省委一家杂志社做编辑记者，忙得不亦乐乎。

记不清哪一年的哪一天，突然接到小勇的电话，他慌里慌张地告诉我，县里的人正在抓他。

我吓了一跳。以我的了解，他绝非坏人，武德也好，不偷不抢，更不可能耍流氓，县里为何要抓他呢？他犯了什么法，或者犯了什么罪？在我的追问之下，他简单地说了一个大概。

一个周六下午（那时还不是双休日），酒厂召开职工大会，决定在下个周一之前，也就是说，只有两天时间，谁能拿出一定数目的现金（数目已经忘记了），酒厂就归谁。这个消息像是从天而降。

第二天，银行不上班，有职工想凑钱，也只能是望洋兴叹。不过，有人却早有准备，胸有成竹，就这样，固定资产及仓库里的酒总计价值几千万的酒厂，被零资产改制了。按照厂里的政策，小勇可以领到几千元回家，从此与酒厂再无关系。

许多职工接受不了，特别是那些对酒厂有感情的职工，几代人都依赖酒厂的职工。气忿不过的人开始四处上告，小勇也在其中。有人找他做工作，私下允诺的条件相对优厚些，让他偃旗息鼓。但是，小勇坚决不妥协。酒厂是他的饭碗，他对酒厂的那一份感情，不是给多少钱就能割舍的，况且，他们怀疑转制过程中隐藏有猫腻。

小勇和几个人东躲西藏。据说有职工为他们凑钱凑路费，以示支持。

小勇找我，是想让我所在的媒体想想办法。这样的事，我能有什么办法？经过打听，得知小勇所在县的主要领导是我一个朋友的昔日同僚，于是和朋友说了，希望能网开一面。朋友传话来说，让他别告了，其他都好说。我把这话传给了小勇，他听了未置可否。我劝他，胳膊拧不过大腿，鸡蛋碰不过石头。说实话，我害怕他吃亏。

事后才知道，那年春节，从腊月二十九到新年正月十五，他是在看守所度过的。他调侃说，厂里打发的几千元回家费，都在看守所里喝稀饭了。听着除夕夜的鞭炮声，我想他的心一定冰冷而绝望，就像科幻电影中的流浪地球，濒临毁灭与绝望。他是否明白自己成了那个磕在石头上的鸡蛋呢？他是否明白现实并非都是粉红色的理想呢？不知道他是如何从看守所里走出来的，看到太阳的那一刻，心中又有着怎样的波澜？毕竟，要渡过那个艰难，迈过那道坎，翻过那道梁，一定有着更漫长的路要走。

我无法想象，似乎又能想象。后来，在与他重逢的那一刻，他脸上的沧桑让我全都明白了。

从那之后，他成了一个自由职业者，开始了生活与灵魂的双重流浪。坚硬的现实能让人低头，也能让人活得更明白，更能让人重新打量脚下的路。除此，你又能怎样呢？毕竟不是赤条条一个人活在这个世界上。自认为真理在胸，宁折不弯抑或冥顽不化的，古来有几？时间就像一场不怀好意的大雪，填沟塞壑，愈合自然伤口，覆平一片白茫茫的世界。

二十多年过去了，其间，他做过许多工作，都是一种流浪的状态。他像一阵风，跑来跑去，为了生计，做这做那。对我来说，他的那二十多年基本是一个空白，对他来说，却是刻骨铭心。如今，他的妻子退休了，孩子成长为一名医生，他帮人开冷藏车送货。一部手机，一辆车，两百公里左右的地方，当天来回，他说感觉还好。

近几年，我俩加了微信，时不时互动一下。从他那里，我得知那个改制后的酒厂早已"破产"，他说过几年开不动车了，就去找个门面卖牛肉汤，请一个当书协主席的亲戚写个漂亮的招牌。和他说这话时，我正走在运河边上，眼前的石罅、砖缝和巴掌大的荒地，都被蓬勃茂盛的野草挤满了。

一天，他告诉我，他给省城送了一车小月饼，回去没货，便拐弯去三河拉了一车藕，此时，正歇息，吃方便面。又一天，他给邻县送饺子，路过我家。打了一个招呼，他就急急地告辞："再见哥，天热，车厢里的饺子是冻品，不可久留。"

很多时候，生活让人灰头土脸，却无法让人死心，更无法让人泯灭心中的热爱和温暖。过去的都过去吧，一切风轻云淡，天朗气清。可是，过去的真能过去吗？沉淀下来的，不过是时光的一滴泪，连历史的鸡毛蒜皮都挨不上，但是，这颗风干的泪，却有着历史风尘的味道。

从电影艺术的角度，《流浪地球》赢得了热烈反响，口碑不错，似乎是国产科幻大片的一个雏形。可是，它让我想到，人类生活在地球上，是否善待了地球？无尽的利益纷争，让那些大大小小的炸弹在地球的血肉之躯上爆炸，将地球炸得百孔千疮、伤痕累累。每一次爆炸，人类的心灵是否感受到了地球的颤抖？人类贪婪地无休止地向地球攫取、压榨，将空气、水、土壤弄得污染不堪，炸山填海毁其容颜……在一次又一次或大或小的无情伤害之后，人类还很有"情怀"地带地球一起流浪、奔逃。只是，恐怕不等太阳毁灭，人类自己就将地球折腾得难以聊生了。

要善待地球，更要善待他人。

"哥，新年吉祥。"小勇说。

多么想回到曾经年少的无忧无虑的时光啊，可是，这个念头连科幻都算不上，这就是一个梦幻。然而，活在心里的梦，为何总也抹不掉呢？

何处不相逢

一觉醒来，快到北京站了。

火车风驰电掣，大地辽阔葳蕤，太阳嫩圆鲜红，田野、山峦、河流、房舍、树木远远近近地别过。这世界和人一样，清晨最为精神饱满。桑建敏在朋友圈发了一条短视频，内容竟然与我眼前所见一模一样，不同的是她给画面配上了名叫《安静》的乐曲，让人更添至心的感动。"如此就好。"她的附言，显然已是深度陶醉。

我猜出了大概，不禁乐了："这是去哪？"

"北京。"

"哪个车厢？"

"9 号 15 床。"

"过一会去找你。"

"你也在这列火车上？真是人生何处不相逢啊！"

是的，人生何处不相逢。年轻时不解此语，现在不年轻了才觉悟，年轻时的许多经历，都是命运埋下的伏笔，就像那些善良的植物，慢慢会有一个秋天的印痕。伏笔是春天的幼芽，带着烙印的新生命终会从阳光下拱出来。仔细回味一下，会发现身后像是立着一个主导命运的导演。四十一年后的今天，在人生的深秋时节，谁会想到还有这么一个美好的邂逅呢？

一周前，受老友邀约，我参加了"安徽军工文化霍山行"系列活动，认识了来自淮海厂的艺术骨干陈先生，问他是否认识桑建敏，陈先生有点惊奇，说桑建敏就住在他家楼上，问我和桑美女是如何认识的。

我恍惚起来，我和桑建敏认识吗？！

霍山县位于大别山腹地，山高林密，霍山主峰白马尖矗其境内。20 世纪 60 年代中期，国家在该县创建了九家军工厂、一家军工医院，几万名职工和家属在此扎了根。我随父母到了厂里，就读于子弟学校。1979 年，我初中毕业考上中专，填报的志愿就是军工系统的大江机械工业学校。

报到后才发现阴差阳错，大江机械工业学校那一年不招生，只与淮海厂合作了一个技工班，地点设在淮海厂。技工班招收中专生十五人，其余皆为厂里职工子弟。当时，技工班还是一个新名词，是培养技术工人的，办不了农转非。我父母所在的厂有一百多户职工家属的农转非被"文革"搁置了十多年。考中专是一个捷径，能转户口还有工作，父亲极力推崇，因为他就是这样改变命运的。谁料想半路会杀出来这样一个技工班。

巧合在于，淮海厂的桑建敏考上了高中中专，被霍山师范录取，但是，她不想离开工厂。于是，地区招生办将我俩进行置换，重新投档，我读师范，她回厂读技工班，算是两全其美。

那天，厂里派了一辆吉普车送我去师范，再接回桑建敏。吉普车在山里东转西转，不知怎么就转到了淠河岸边的师范校园。车停在一幢平房前，几个女生像是在送她，穿的皆是花花绿绿的衣服。桑建敏长什么模样我也没看清楚，只记得有一件红衣在眼前晃动。两年后，她毕业留在厂里。又一年，我在一家军工子弟学校当了孩子王。

我不喜欢当老师，感觉受捆绑少自由，再加上读教育学院受挫，便改行做了政工。政工在企业有点像屋里的花，摆在那里会逐渐枯萎、失去活力，犹如一棵新鲜白菜慢慢蒸发了水分，于是跳槽，跳了两次，跳到了自己满意的工作单位。跳槽满足了我天马行空的野性子，享受了精神上的自由。

这么多年，我与桑建敏没有任何联系，也没有再去过淮海厂。淮海厂军转民成功，生产出了全国第一辆飞虎牌微型小汽车，很早就搬迁到了省城合肥。后来，其他军工企业也陆续搬迁进城，离开大别山已经二三十年了。

前几年，大别山的淮海厂旧址被改造成了月亮湾作家村，我父母所在企业旧址则改造成了仙人冲画家村，在全国影响都很大，铁凝、王蒙等人都去作家村考察过。这次军工文化活动，深度接触作家村、画家村也是重要内容之一。

活动结束，我回到合肥，向父母说起当年换学校的事，耄耋之年的父亲张口就说出了桑建敏的名字，只是他把"敏"错念为"明"。这让我惊讶万分，难以置信。父亲现在一天要吃三次药，每次吃几粒都难以记住，全靠别人给他拿好，没想到四十一年前的事，已经遥远得望不到边际了，他竟然记得这么清楚。

这件事像是刻在了父亲的心里。

父亲说："你改变了咱们这个家庭的命运。"

有这么夸张吗？父亲的话将我曾经的一些幼稚想法碾得粉碎。那时我不谙世事，不知生活艰难，根本没有多想，甚至还为不能去读高中而耿耿于怀。

我太不懂父亲了。

父亲先是去了技工班，了解情况后再去地区招生办，请求重新投档，但是经办人怕麻烦，打着官腔搪人，不愿意办。父亲回到厂里，厂长竟然主动找他问了情况："孩子上学的事咋样了？"厂长姓杨，山东人，是一位南下老干部。厂长知道了事情经过，当即就给他的老战友——地委组织部一位副部长写信。父亲持信再去，副部长很热情，当即打电话协调。

再到招生办，有关人员的态度和气多了，积极热情地很快就解决了问题。这件事至少让我有两点认识，一是高考制度恢复，确实改变了许多普通人的命运；二是在这样的人情关系社会，办个芝麻粒大的事都得依靠关系。好在那时候的人还很淳朴，思想还比较纯净，不像后来的人情关系被庸俗化、复杂化、利益化了。如今许多人感受到艰难、煎熬或心理扭曲，恐怕多是与这些无法摆脱的关系纷扰有关。

生逢其时或生不逢时，皆是个人体验。有人承受着时代的一粒灰，有人感受到了时代的一束光，这要看时代主流，也要看自己的运气，当然更需要自身的努力和追求。不过，似乎没有人能够跳越历史，都必须一个台阶一个台阶地走过，才能到达一定的高度。

父亲说，这事过去一两年了，有一天他出差到合肥，在国防工办招待所碰到了那位副部长，副部长一眼就认出了我父亲，问道，你儿子读书的事办好了吧？父亲感激他的帮助，也感叹他的记忆力真是太好，为没有第一眼认出他来感到歉意……

四十一年过去，我和桑建敏只隔了一个车厢。

收拾好东西，我走了过去。车厢有点摇晃，我像是走在梦中，在落英缤纷的梦里摇摇晃晃，从阳春三月走到了漫山红叶。见到她倒是平静，就像见到一个多年不见的老友。那种幻觉又出现了，我认识她吗？若说认识，连一个正儿八经的会面都不曾有。若说不认识，她又是那么坚定不移地存在于我的生命之中。哦哦，一个陌生的老友。

这个符号似存在的老友，原来长得这么好看。

她不像是一个刚刚退休的人，可能是对摄影的热爱让她焕发着年轻的光彩吧。她说经常天南地北地跑，这次，就是和三十多位摄友一起去坝上拍照。

她想了想，问道：假如你不读师范，你会成为作家吗？

我一时不知该如何回答，因为命运没有假如，就像化学元素氢和氧，可以成为水，也可以成为双氧水，却是完全不同的东西。一切皆是缘，缘起缘灭，有着太多的不确定。人的命运何尝不是如此呢？

我说：假如你读了师范，你会成为摄影家吗？

她笑了。

我们无法把握过去和未来，那么，眼前的一切便是圆满，便是最好的安排了。

"咱们合个影吧。"

车停了，在清爽的凉风中，在熙攘的客流里，我俩兴致勃勃地与列车定格在了一起。四十一年前，我们没有留下青春的影像，四十一年后，我们留下了岁月的风霜，抑或，更有时光的累累硕果。

花不尽，柳无穷，人生何处不相逢？

原载《美文》2021 年第 5 期

暗　流

一

三张床整齐地摆开。

住进去才知道，这本是放两张床的空间。天花板上悬垂下来的两个离地不高的蓝色布帘子严重错位，暴露了这一切。床多了，帘子没有多，隐私只能被遮挡得影影绰绰、犬牙交错。

最里边靠窗户的床位，躺着一个瘦削老人，床头挂着吊瓶。老头八十一岁，来之前还在和小他一岁的老伴种地。老伴十多年前患上了帕金森，偶尔会糊涂。这老两口的经历，给我一个错觉，那就是在土里刨食的人身体皮实，性命结实。老头的胆出了问题，被孩子从地里硬拽到了医院。现在，他的胆被摘除了，成了一个无胆老人。

其后十多天，在这个病房遇到的所有病人，都让我对生活和世界一知半解，感觉这个世界，或者说是我们的身边，涌动着一条暗河，无形却真实。

老头由一儿一女服侍。这是姐弟俩。弟弟四十岁，身高一米八，体重两百斤，肥头大耳，皮肤黝黑，戴着一副近视眼镜。他的肚子非常陡峭地往外凸起，让人担心那肚子裹不住就会倾巢而出。他介绍自己是开饭店的，但瞧上去也就是个小饭店老板兼大厨，或者干脆就是大排档摊主。

这汉子时常有电话来，能听出都是他老婆打来的。老婆向他请示，买多少瓶矿泉水、多少瓶可乐、多少瓶啤酒、多少瓶白酒、多少包烟，水、可乐、啤酒、白酒、香烟都要什么牌子的，他一一遥控指示。突然就有一天，汉子一改温柔，变得急躁起来，坚决地冲着电话吼：今儿个天太热，你关张歇一天！

一屋子的病人和陪床都望向他，会心一笑。别看这汉子外表粗糙，挺会心疼媳妇的。

每张病床配一张陪护小床。夜里，姐姐睡陪护小床，就在老头的床边。弟弟铺一张小席，睡在床头的水泥地上。这汉子只穿一件背心，啥也不盖，任空调呼呼吹着，呼噜打得地动山摇。

汉子性子急躁，为了护理的事，没少与姐姐叮当。他是家里的顶梁柱，生意离不开他，现在却困在这病房里服侍父亲。父亲的刀口总不见好。他两头着急，难免上火。姐姐倒是有耐心，给老头擦身子，防止生褥疮。盯着吊水瓶，喊护士换水。给老头喂饭。趁老头上厕所，给他换一个干净床单。姐姐是个朴实妇女，说话做事都呱呱叫，就是不识字，连自己的名字也不会写。她大着嗓门，痛说父亲重男轻女，小时候不让她读书。"俺如果上学了，俺也不会现在这样。"她一边说着，一边给老父亲揉腿，怕他的腿躺久了会麻木僵硬。

姐姐有一天去找保洁，要求换一个床单。见保洁忙，就说自己换，而且真就自己换了。往后，保洁都会把床单扔给她。她好说话，就自己换了。弟弟见她如此揽活，就生气，说那明明是保洁的活，你都抢来做啥？

手术后，医生要求老头几天不能吃饭，后来让吃流食。那天，弟弟去外面买来面条，姐姐照顾老头吃。老头好多天没见粮食了，闻到面香就亲切。吃了喝了，欲罢不能，央求着要把那剩下的面条都吃了。女儿心一软，答应了。那天夜里，老头直叫心中难过，疼痛难忍，哼哼着睡不着。姐弟俩叫来医生，折腾了大半夜，最后不知用了啥办法，才终于让老头平静下来。

中床的老头长脸，瘦，胡子却很黑，眼睛瞪得很大。黑胡子让他显得有一股子英武之气。他也是从农村来的，一辈子种地。这老头不知害啥病，定性很好，一天到晚躺在床上，几乎不动，除了上厕所。一床雪白的被子，露出他一张胡子拉碴、皱纹纵横的老脸，老脸上是一双深陷的大眼，几乎不眨地盯向门外，似乎在看人，又似乎不在看人。他极少说话，眼睛泛着亮光，就那么看着。往门的方向看累了，他就转一下脑袋，再往窗外看。

窗外骄阳似火，隔着一层玻璃，天空显得有些空洞。看上去，这老头年轻时还是很英武的。服侍老头的，是一个胖胖的中年男人，四十多岁，比邻床那个戴眼镜的汉子皮肤白些，只是前额的头发掉得厉害。头发少，脸就显得特别大。

这汉子没事就坐在板凳上玩手机，几乎不和老头说话，倒是和邻床那个姐姐说话多一些，聊聊农家的事。开饭了，他打来饭，让老头吃，老头吃完，他收拾碗筷。没有开水了，他拎着水瓶去打。他像是一个严肃认真的学者，做事有条不紊，只做自己该做的事，多一句话也没有。

几天后这老头出院了，才知道服侍他的汉子是他的女婿。都说女婿半子，这话似乎没啥错。

老头走后，中床来了一个女病友，苗条白净，一看就是个坐办公室的。一对年轻男女围在她床边。女的坐在床沿，和病人说这说那。小伙子站在床头，插不上嘴，也插不上手。一问，果然不出所料，是女儿女婿来看她。血缘亲情真是来不得半点虚假，让人一眼洞穿。尤其是在金钱和享乐时代，感情鲜有伪饰，一切回归本真，坦诚得赤裸裸。哪块地的庄稼，终会在哪块地开花结果。

里床的老头一直不见好，那天可能也是多吃了一口，也可能是手术的某个地方出了问题，或许这些原因都有一点，现在集中到了一起，老头就受不住了。那天被拉去手术室，又做了一个手术。不到一个月，老头挨了两刀。

那个戴眼镜的胖儿子看着老头，说，多挨了一刀，这回该好了。女儿红着眼，忙着为老头做这做那。

大家都以为，老头这回是该好了。住院一个月了，姐弟俩都很疲惫，是老头的生命，支撑着他们一天天熬下来。日出日落，不知不觉，回首一看，日子真像落满一地的黄叶。秋意饱涨或萧飒，等待春的来临。

姐弟俩以为老头这回肯定是向好而生，不会有大问题了，于是换防回家，缓口气，休整身心。接替他们的，是另一对姐弟，或兄妹。来的这俩比走的那俩年龄大些，男的瘦，女的胖。男的话少，女的爱穿红衣服。他俩似乎轻松些。女的好像没给老头擦过身，也不像先前那个女儿心疼地忙这忙那，看上去身子懒多了。

挨了两刀的老头更加可怜，整天躺床上一动不动。那天夜里，就听老头说要撒尿，睡梦中的儿子嘟哝一句：憋着。老头大概很难憋着，便口齿不清地说，我自己拿盆接。但是他够不着地上的尿盆。然后，就听到一阵悉悉索索的忙活。

有一种东西看不见、摸不着，无法丈量、无法计算，却能够感受，就像热量的传导，这就是情感和人心。情感和人心最不容易把握，又最容易把握，无法估价，只能交换。"交换"这个词令人生厌，但它是无价的交换，也就价值连城、金光闪闪了。

中间那床又来了一位老太太，好像是半夜来的。踢踢踏踏的杂乱脚步，响了很大一阵，然后归于清静。陪护的只有一个儿子。老太太好像是胰腺有问题。儿子埋怨老人，舍不得吃舍不得喝，要钱有什么用？这回看好了，就到我那儿去，我管你吃，我管你喝，吃喝都是我的。那个儿子一遍遍地讲，不厌其烦地讲，老太太一遍遍哼唧着答应。那个夜里，耳边反反复复都是那个儿子的话。

那儿子虽有孝心发现，却也令人生疑。孝顺岂是挂在嘴边上的？嘴上挂得多，行动就有那么多吗？老太太说的每一句话，似乎都离不开钱。这要花好多钱啊？那要花好多钱啊？儿子又埋怨她，你不要担心钱，有我在，还能少了你花的钱吗？你还有退休工资呢。儿子多次说到退休工资，老太太都不吭声。第二天看见老太太一张风雨沧桑的脸，回想到她说的种田、收割等农事，怎么也无法想象到她的退休工资。

那个儿子的身材如一枚枣核，中间粗两头细，肚子挺着，小平头，额头留了一绺子长毛。那天他接到一个电话，说那是你们的问题，与我无关，明天我去同你们交涉。老太太问他有什么事，他愤怒地说，银行贷出的款又退了回去。

那天，老太太的老伴打电话来，说自己在某个地方，要打的到医院。那个老头前一天来过，八十多岁了，身子硬朗。老太太接电话厉声喝斥，你神经了吧，从那里打的过来，要一百多块呢。电话传到她儿子手里，没想到儿子咆哮起来：坐公交也很方便啊！然后打电话给某某，责问对方是如何管老子的。

儿子似乎坐不住，一会儿出门去打电话，一会儿出门去弄吃的，护士几次来需要他搭把手，交代他如何照料老太太，他都不在。老太太急得打电话，他的手机又总是占线。护士对老太太说，你儿子不在，有事请同病房的人帮一下忙。但是，老太太没有说过一句需要帮忙的话，倒是同病房的人看到老太太输液的水吊完了，帮她喊了护士。老太太仍然一脸茫然。

最里床的那个老头忽地就出了问题，他说心里难受，不得过。一大早，医生决定送他去重症监护室（ICU）。几个人抬着床单，将他拎到了小铁床上，推走了，说是去输血。

我的心也拎了一下，去 ICU 不是好事。

老头的床一直空着。头天晚上，那个陪护的儿子在床上睡。第二天晚上，无人睡，倒是中间那床留一绺长毛的陪护儿子在睡。第三天午后，老头的儿子推门进来了，他的脸色有点凝重。问他老头怎么样了，他说走了，昨天中午就走了，晚上运回到家，当夜就埋了。现在的高速公路修得好。老头的儿子说，我也不想和医院闹，闹了，无非赔个万把块钱，可是就不能土葬了。

老头的儿子说完就走了，算是向大家打了一个招呼，有了一个交代。他走后，屋里沉寂了片刻。有人说，这个儿子是老头的养子。老头和老伴是半路夫妻，这个儿子和女儿都是老伴带来的。

不知道候在家里盼望老头归来的老伴是个什么样。也不知道那一对喜欢叮当的姐弟俩会是怎么样。他俩换班离开不过三四天，老头就如一缕风不见了。

人有时很像一条缺氧的鱼，浮于生活的海，努力昂扬起头颅，身子却沉于水中，对水面下的幽深一无所知，但是心头总有一种未知的恐惧，实实在在地似要往下拖自己的腿脚。

生活本身也像一座冰山，只露一隅，浮在海里。

原载《散文》2020 年 12 期

影子灯

灯一：如厕

离开仙人冲三十年后，我回来了，扎根了。辗转一个大圈，感觉又回到了生命的原点。兴奋之中我不断地追问，究竟是为了什么呢？好像远非"落叶归根"所能解释与涵盖。

房子看上去已经残破不堪，但是框架仍然结实牢靠。动工装修时，工人在楼后的空地上挖了一个化粪池，说抽水马桶所承受的秽物都会流进这个池子。见那池子并不大，也没有出口，想着悠久岁月，忍不住心中疑惑，这池子终究有限，秽物会流到哪里去呢？

工人们忙得热火朝天，无暇解惑答疑，都不理我。在他们看来，或许我的问题太幼稚，根本不值得浪费唾沫。

我也就不再去操心这事了，反正能正常使用就行。

装修好住进去，择机在院子外开垦了一小块菜地，撒上了荆芥籽。几天后，荆芥发芽，从土里探头探脑，露出了一片瘦瘦弱弱的绿点。其后几天，荆芥长得很慢，完全不是记忆中的那样青春茂盛，一副营养不良的萎靡样子。隔壁的瘦老太太端着碗走过来，边吃边看，最后瘪着嘴说出了症结所在：你浇点小尿（suī）。

这里人把尿也说成尿（suī）。"尿"字本身就有两个读音，只是"suī"这个读音不太常用。我笑着答应，心里却在犯愁，如今用抽水马桶，这屎尿怎么留得住呢？难道我还得准备一只尿桶？

在城里不用种地，当然不会遇到这样的问题。现在要种菜，就成了一个问题。如今农户多住楼房，安装抽水马桶，再加上牲畜养得少，所以，农家肥已极少使用，化肥自然是越用越多。化肥使用泛滥，影响地力，也是污染。美国作家蕾切尔·卡森早在上世纪六十年代出版的《寂静的春天》一书中，就已经揭示了化学药剂对农业、生态环境的影响和摧残。

当年，农村非常注重农家肥的积累和使用。秋冬季节，常见农民在收割过的庄稼地里煴火粪。铺一层庄稼杆，再铺一层土，土上浇大粪，这样一层层铺上去，堆成半人多高的垛，然后点火焚烧。那一堆火粪能煴烧几天几夜，烟雾缭绕不断，却也没见啥雾霾。冷却下来的火粪撒入地里，就成了高标准的农家肥。

那时候，农家有一个共识，农家肥是庄稼的命根子。

离我家不远，住着老郑家。郑家有两个人让我记忆清晰，一个是郑家老奶奶，瘦瘦的，常来我家借东西，油、盐、醋、酱油、面粉（她说"灰面"）等等，"行点儿盐，没有盐了。""行点儿油，家里炕油皮了。""行"即是"借"，也可能有点儿讨要的意思。对于郑家老奶奶的需求，我们从来都是百求百应。郑家的日子虽然过得穷，但是郑老奶奶的儿子却非常能吃苦耐劳，常常一个人摸黑去厂里挑大粪。

军工厂的宿舍相对集中，那时还没有听说过抽水马桶，只拣空地盖了几座公厕，大家都去上公厕。公厕是旱厕，流进大池子中，有人负责专门清理。夏秋的夜晚，我们坐在门前乘凉，老远就听见竹扁担闪跃着的咯吱咯吱的声响，接着，一股臭气飘了过来。那臭气越来越烈，接着听见老郑喘着粗气，呼哧呼哧，一步步地迈过。与臭味一起飘过来的，还有他的浓重的汗味儿。

当时觉得又瘦又矮的老郑好可怜，如此出大力、流大汗地去挑大粪，累得像龟孙子一样，日子还过得那么穷苦。

多年前，我在《幽默与笑话》杂志上读到一则短文：

王老汉是周镇的老农民。上世纪60年代，他在周镇的公路两边盖了一排茅厕，一方面为去周镇赶集的人们方便，另一方面主要原因是为自己肥田。跟王老汉熟悉的赶集的人就跟王老汉开玩笑："老王，有这一排茅厕就够你吃了吧？"王老汉听后，慢条斯理地说道："唉，不行，有些人来到这儿，他光放屁，却不拉屎。"

这个笑话，也足以证明那个年代对农家肥的重视程度。

还有一个生活片段，让我至今难忘。那年我还在单位上着班，有一天，总编室忽然通知开报社全员大会。去西北某地学习归来的小姜，在大会上作了一个思想汇报。小姜说，他住在一户农家，最不习惯的就是上厕所，每次上厕所都觉得惊心动魄。那个旱厕没有用人们常见的大缸，却借用了下面悬空的地势。悬空很高，低洼处还养着几头黑猪。每次蹲在两块木板上拉屎，都提心吊胆，生怕脚一滑掉下去。惊魂未定，低头往下一瞧，几只高昂着的猪头，正急切地争食滚下去的屎橛子，拱成一团……

那天的会议，是我进入报社以来遇见的气氛最为活跃的一次。

钱家岭住着三四十户职工，我现在记不清有几座厕所了。我家的菜地旁边，有生产队建的一个泥墙厕所，后来塌了，不知谁用木材毛竹在原址上进行了重建。那个旱厕，让附近几家菜地里的菜都长得蓬蓬勃勃。

可是，我们却喜欢去上周家冲的厕所。

周家冲是我们上学的必经之地，转个山弯就到。冲里住着周家几个兄弟，所以叫周家冲。周老大住在冲口，他家的厕所依山而建，高陡的山坡成了厕所的大门。这个厕所建得高、宽敞、光线好、透气性强，重要的是，每天都打扫得干干净净，一尘不染，墙上一年到头都挂着一把长长的篾篁。这篾篁是擦屁股的工具，谁需要多少，就折多少，就像现在撕手纸。山里毛竹多，篾篁管够。我们当然是用纸擦屁股，工厂的学生不少那几张纸，可以撕报纸，可以撕本子，甚至撕书。上完厕所，我们喜欢顺手拿几根篾篁，当作棍子互相打架用，或者就是拿在手里，东扫几下，西戳几下，片刻不闲。

每次去，都有篾篁，周老大总是补充及时，从没有出现过空缺。

我对用篾篁擦屁股充满好奇，曾经咬牙切齿、小心翼翼地试过，既使在炎炎夏日，也能感觉到竹子的一股凉意，只是担心会有生猛的竹刺。事后，又总感觉没有擦干净，一路上心里都是别别扭扭的。

淮北平原不长竹子，多的是土坷垃。从地里拉一板车干净的土坷垃倒在厕所门口，上厕所的孩子专拣那大的、圆润些的充当擦拭工具，擦完往门外一扔。若是天晴数日，厕所门口就会有一堆土坷垃闪耀着黄晶晶的亮光。那些披金挂银的土坷垃毫不羞涩，像是在展示自己的耀眼"成绩"。

也有半大小子懒得用土坷垃，或者一时找不见合适的，干脆就借小树一用。厕所门口那几棵小树，在一个恰当的位置，总是像刷了一层土黄色的油漆。

呵呵，穷得连擦屁股纸都成了奢侈品。

忽地好奇起来，古代人是咋擦屁股的呢？手头有一个资料，不知是否准确，照录如下：古时候没有纸，有纸也不会奢侈到去擦屁股。贵族用厕筹，也就是光滑的竹片，穷人用树叶、石块或砖瓦，到了明清，皇宫中才有厕纸。外国人，法国贵族用粗麻绳，前面一拉后面一扯，干净又舒服。俄国贵族用宰杀的鹅颈，羽毛细腻温度正好。英国贵族用鲑鱼肉，顺滑。印度，直接用手掏，更厉害……

这一段文字，让人半信半疑。可是，想想小时候，不禁乐了，周老大家的厕所使用的簸篁，让人享受的竟然是古时候的贵族待遇。

庚子年，我将房子重新装修了一下。那个抽水马桶挺高级，桶圈可以自动加温，自动喷热水洗屁股，然后出热风帮助吹干，倾情柔软地一条龙服务。只是我一次也没有用过。一个人如果连擦自己的屁股都懒得动手，那也太腐朽了吧。

太腐朽了会让我觉得不踏实。佛学常讲以苦为师，在我这个凡夫看来，适当的"苦"其实是让自己保持清醒，不至于迷失。

科技在进步，人会越来越享受，却不一定是越来越享福。福是什么？太物质化的生活并不一定就是福。住在别墅里，天天焦虑失眠，是福吗？山珍海味，以酒为浆，却百病缠身，是福吗？无论处在哪个高度，也别丢掉某些宝贵的东西。有些东西是丢不得的，丢了，就有可能会付出沉痛的代价。

不说别的，一本《黄帝内经》会让人少生许多病，可是，有多少人真正懂它呢？

表面上看，车水马龙，高楼大厦，光鲜亮丽，我们赢了人生，赢了自然，实际上呢？每年几百万的癌症患者、几千万的不孕不育群体，还有众多的心理、精神疾患以及不安全感，等等，告诉了我们什么？平均寿命提高了，可是有多少人是寿终正寝呢？

"取之有度，用之有节，则常足。"回过头来看一看，这句话还是蛮有道理。"现代"一词往往容易迷惑人，以为"现代"了便从此与"过去"一刀两断了。

那天步行去镇上，见周家冲的冲口矗立着一幢小楼，有着一夫当关的磅礴气势，楼顶悬挂着一块农家乐的大牌子，亮堂辉煌。那个小厕所，不见了踪影，走近才发现，原来是移至了隐蔽处。

现在明白了，为何农家只吃自家种的菜。

灯二：狮子山

闲来无事，又看了电影《红河谷》。神圣的雪山是故事发生地的大背景。雪山是有神性的，当地人说话都不会大声，害怕惊扰了山神。这是人类对大自然的敬畏，也是人与自然和谐相处的前提。

看着雪山，我想到了家乡的狮子山。

这座狮子山也是有神性的。

脑海中常会出现这样的景象：暴雨凶猛，听不见个体的雨声，只闻铺天盖地的雨的合奏，瓢泼似的，哗哗啦啦，声音遮天蔽地，狮子山笼罩于烟雨中，变得模糊朦胧。午后，大雨停了，天空仍旧灰濛濛的，还见不到太阳。此时，奇迹出现了，只见雪白的云团从狮子山的脚踝处蒸腾翻涌起来，像天地间掀起了一个巨大的锅盖，"蒸气"翻滚着、飘逸着、蓬勃着，向着苍茫的天空，争先恐后，冲腾而上。狮子山裸露出来的山脚，成了一抹铁黑。乍看上去，黑白分明，气势凌天。

被云雾裹挟着的狮子山，承天接地，覆盖了半边天空，给人以惊天地泣鬼神般的震撼。奇怪的是，狮子山平时看上去离得还挺远，此时只觉得近在咫尺、伸手可触。

第一次看见如此壮观的景象，我呆在那里，回不过神来。许久许久，才发现左邻右舍以及路上的行人，也都呆呆地看。那一个个像被电击中的神情，我至今难忘。狮子山在我心里，真的像电影中的那一座圣洁的雪山，是有灵性的、不容亵渎的，它直接炙烤着我的灵魂，影响着、改变着我的认知。我甚至突然有了片刻的迷茫，是人改变了赖以生存的世界，还是这个赖以生存的世界改变了人呢？

一个瘦削的老头定定地看着狮子山，不容置疑地说：这雨还得下。

果然，那个傍晚仍然是暴雨倾盆。

日子久了，我对狮子山的脾性渐渐熟悉了。狮子山就像一个晴雨计，如果蒸腾的云雾渐趋轻少，天色由暗转亮，天就会放晴，太阳就会出来。

晴天时，狮子山的腰上、顶上，会悠闲地升起一团团或一片片的白云，浓淡、大小、形状，随心所欲，变幻无穷，似被狂风、柔风随意撕乱揉碎了的雪白的棉花。那些棉花或快或慢地飘远，或纹丝不动，根扎虚空，像池塘中安静的水草。

它像极了一头蹲卧在那里的雄狮，头、腰、腚、前爪、张大的嘴，皆神似。或许，这就是"狮子山"的来历，让人不得不惊叹大自然的鬼斧神工。

狮子山离我家其实不远，中间只隔着一些茶园漫山的山包包，还有稍显壮阔的桃源河。桃源河从我家墙头拐了一个大弯，然后折回头往狮子山奔去。我曾经顺河去看过狮子山，站在山脚下仰头望去，只觉得自己小得可怜，像一只小蚂蚁。望得久了，身子似在旋转，目光空洞迷离，有些恍惚与虚幻。

上学放学，天天看着狮子山。在我眼里，它是神秘的。那些年，常常报道福建沿海抓特务的事，这让我们也提高了警惕，时常会发现狮子山的半山腰或山顶上有闪烁的灯光，有人怀疑那是特务的接头暗号。后来，发现半山腰上住着几户人家，有人家就有灯光，不足为奇。至于山顶上的灯光，后来也明白了那是闪烁的星星。

有几次，当地公社的民兵去登狮子山，将红旗插在了山顶上。我们走在放学的路上，远远望去，红旗小得像一粒火柴头擦亮的耀眼的火。

天天看狮子山，关注狮子山，当然能发现它的丁点变化。有一天，我们发现狮子山的肚子变得空旷了，像是被人剃掉了一层毛，光溜溜地裸露着。细辨才明白，山上的树、荆棘杂草正在被砍掉，土被挖开。那些天，坡地渐渐扩大，山坡上布满了星星点点的红旗和密密麻麻的身影。那片山坡变成了土黄色，变成了深黑色。深黑是那些无法搬走的大石头的颜色。被开垦出来的大片山坡地，不久便长出了稀稀拉拉的绿色。有人说，那是种的玉米，或是栽的山芋。我无法想像，那么高陡的山坡，种了玉米或山芋，该怎么浇水，怎么施肥。为了裹腹的粮食，人类真是想尽了办法。

狮子山就这样"秃"了几年，后来又渐渐地绿了。绿了的山坡上，庄稼已无影无踪，碧绿的野生植物重新茂盛。像一个人剃了光头又长出了头发，再次俊朗起来。

去镇上，或来往学校，狮子山总是跟着我，像一个影子，走到哪它就跟到哪。有歌唱道"月亮走我也走"，现在却是"我走山也走"。在诸佛庵镇，狮子山成了一座标志性的山峰。

后来，我读了师范学校。学校坐落于淠河岸边，具体地说，是在狮子山的屁股后面。站在学校，能清楚地看见狮子山卧在那里，不过，只能望见它的脖子、背脊和尾巴，看不见狮子的脸。想家的时候，看看狮子山，想着狮子山那边的家，心里就会舒适许多。

师范毕业后，我在山里的一家军工厂工作了十年。工厂离狮子山不远，回家时能远远地看见狮子山，看见它的四季变化。在烈士纪念塔或河滩上照相，都会选狮子山做背景。我发现自己无法走出狮子山的视线。

后来，我调进城里，父母所在的军工厂也搬迁进了城，我便极少再回山里了，也就极少再看见狮子山。但是，狮子山常会出现在我与亲友聊天的话语中，或者出现在梦里。

有一天，听说山里发现一个著名景点叫"睡美人"，甚是好奇。等到终于有机会回到山里，便兴冲冲地去观赏"睡美人"。

谁能想到，"睡美人"就是狮子山呢。

仍然站在师范学校那个位置，或者黑石渡大桥头，就能清晰地看见"睡美人"。想来真是惭愧，当年我经常遥望的狮子山，在别人眼里竟然成了睡美人。山还是那座山，心却是不同的。实在是我眼拙得厉害，竟然对"睡美人"视而不见。我承认自己缺乏审美能力，不过，也足见当时的心地单纯。

心中无美人，眼中又怎会有美人呢？

如今，站在师范学校再看狮子山，已不是一头雄狮，活脱脱就是一个睡美人了。狮子的头顶和脖颈，成了美人的脸，狮子的脊背，是美人的胸脯，狮子的尾巴，变成了美人的身子，狮子的两条前腿，分明是美人如瀑的长发。晴天碧日，天色苍茫，这个惟妙惟肖的青春女子静静地躺卧在天地间，端庄秀丽，美撼心魂。

美人和狮子，就这样叠加于我的脑海。

真是"横看成岭侧成峰，远近高低各不同"，看来，发现美，认知未知，是一个无穷尽的事。

埃及有狮身人面像，我们有大自然孕育出来的狮身美人像。

狮子山是一座有灵性的山。这是苍天赋予它的情感和灵性。山川河流、戈壁草原、高原雪山，甚至一草一木、一沙一石，皆是灵性具足。它们的存在，以不同的味道和气场赋予并感染着人，塑造着有情和无情的生命。

狮子山是我认知家乡的一个独有的密码。创作长篇小说《桂花王》时，狮子山便悄无声息地走进了小说。红军赤卫队的一场突围的大戏，理所当然地发生在这里。英雄为山河竞折腰。只是，故事中的狮子山，要比现实中的狮子山大了许多倍。那是我心中诗化的狮子山，是放大了的狮子山，也是放大了的故乡。

又想起了电影《红河谷》，想起了电影中那些神性的雪山。

灯三：仙人冲

我在仙人冲生活了二十多年，离开的时候，已经二十八岁，女儿才两岁。所以，我对仙人冲的记忆，已经深刻至骨子里去了。遗憾的是，一直以为仙人冲不过就是个普通地名，没啥特别。再次回到山里，方知它的不凡。由此明白，人对自然宇宙和人类历史的认知，都有一个不断深入与精进的过程。

比如这个仙人冲。

仙人冲狭长不过十里，一条路，一条小河，蜿蜒曲折，并辔而行。从冲口往里走，山势渐险。两旁奇峰耸立，悬崖峭壁，怪石嶙峋，竹木聚幽。瞧瞧这一带地名，师祖岩、鬼门关、鬼推磨、棋盘岩、仙人裂（一线天），还有祥云寨、勒马岭、石门山，充满了神秘色彩，令人神思飞扬。

临近冲底，半山坡上有一座古老的佛心寺，掩映于苍松翠竹间，隐约可现。微风拂处，梵音缭绕，清凉寂静。

当年的"美帝苏修"肯定想不到，有两家三线厂就建在这条冲里。选址于此，确是独具慧眼，太隐蔽了。

从冲口往里，厂房依次铺开，当地生产队也依次排列，银孔、吴家湾、黄龙岗……至冲底，青山四合，中间一片开阔地，聚宝盆似的，是军用化工厂。这条山冲，安居着来自五湖四海的两家军工厂的近万职工。

那时候，总觉得"仙人冲"带着浓浓的封建味儿，都不去深究，视若不见。

关于仙人冲的传说，是后来才了解的：一个汪姓青年上山打柴，在山顶遇见了两个须髯飘飘的老者正在下棋。汪青年好奇，便驻足观看。他看棋出了神，忘记了时间。待清醒过来回家，和蔼的老者赠送给他烧石的秘方。汪青年携带着秘方欣然归家，竟发现小山村已物是人非，一个人也不认识了。这位青年樵夫哪里想到，自己于山巅观棋片刻，人间已是匆匆百年了。那两位下棋的老者，一位是成仙得道的左元放（左慈），一位是左慈的师兄弟。

神话或传说，真信的人不多，因此极少有人去琢磨，除了一些专职研究的学者。这个传说为什么会产生在这里，而不是在别处？在漫长的历史中，人类在与大自然的相依相存中，证悟得来的丝丝缕缕、点点滴滴的经验、智慧，应该会留下一鳞半爪的痕迹，或者说会有一个呈现的形式。比如说在大别山，土著山民的日常生活就带着许多远古的痕迹。

历史上确有左慈其人。

左慈是道教丹鼎派的创始人，据说当年就在仙人冲修炼成仙，寿134岁。左慈之后，仙人冲的老百姓便以烧石灰为生存之道，此地也由此得名"仙人冲"。

《后汉书》有一篇《左慈传》，文字不多，不妨照录如下：

左慈，字元放，庐江人也。少有神道。尝在司空曹操坐，操从容顾众宾曰："今日高会，珍羞略备，所少吴松江鲈鱼耳。"

放于下坐应曰："此可得也。"因求铜盘贮水，以竹竿饵钓于盘中，须臾引一鲈鱼出。操大拊掌笑，会者皆惊。操曰："一鱼不周坐席，可更得乎？"放乃更饵钓沉之，须臾复引出，皆长三尺余，生鲜可爱。操使目前脍（查）之，周浃会者。

操又谓曰："既已得鱼，恨无蜀中生姜耳。"放曰："亦可得也。"操恐其近即所取，因曰："吾前遣人到蜀买锦，可过敕使者，增市二端。"语顷，即得姜还，并获操使报命。后操使蜀反，验问增锦之状及时日早晚，若符契焉。

后操出近郊，士大夫从者百许人，慈乃为赍酒一升，脯一斤，手自斟酌，百官莫不醉饱。操怪之，使寻其故，行视诸垆，悉亡其酒脯矣。操怀不喜，因坐上收，欲杀之，慈乃却入壁中，霍然不知所在。或见于市者，又捕之，而市人皆变形与慈同，莫知谁是。后人逢慈于阳城山头，因复逐之，遂入走羊群。操知不可得，乃令就羊中告之曰："不复相杀，本试君术耳。"忽有一老羝屈前两膝，人立而言曰："遽如许。"即竞往赴之，而群羊数百皆变为羝，并屈前膝人立，云"遽如许"，遂莫知所取焉。

大意是，左慈出席曹操的宴会，曹操说没有吴国松江的鲈鱼，左慈便要了一只铜盘，贮水，钓出了一条三尺多长的鲈鱼。曹操说一条不够，左慈依法又钓一条。曹操说鱼有了，还没有蜀国的生姜佐味，左慈说这个不难。曹操怕他就近去取，说自己早已派人去蜀国买锦缎了，你顺便让他多买两端（一端为六丈）回来。左慈出门，不大一会便拿着生姜回来了，还对曹操说，自己在卖织锦的店铺里见到了曹操派遣去的人。曹操不相信，可是买锦缎的人回来真就多买了两端，还报告说，某月某日确实遇见一人，将曹操的指令传达给了自己。

这是不是神通？

曹操到近郊，陪同者有一百多人。左慈给大家送来了一坛酒、一斤肉，并且亲自斟杯，向每个官员敬酒，结果，那一百多人皆吃饱喝醉。曹操觉得奇怪，派人去调查，发现城里那些酒铺子所经营的酒和干肉，在他们出郊前全部丢失了。

曹操不悦，欲杀左慈。左慈隐入墙壁躲了过去。有人在街上见到了左慈，正要去捕他，只见满街的人都与左慈一模一样，不知哪个是他。有人在阳城山顶看见了左慈，左慈便逃进了羊群。曹操抓不住左慈，就让部下到羊群中告诉左慈说，不再杀你，不过是试试你的道术。听罢此言，一只老公羊屈起前腿，像人一样站起来说："何必忙乱成这样？"人们发现这只老公羊就是左慈，又去捉他，可是眨眼之间，数百只羊都变成了老公羊，皆屈前腿站立，都说："何必忙乱成这样？"左慈又乘机逃走了。

对于神通，凡人自然无法相信。毕竟是凡人嘛，习惯了"眼见为实、耳听为虚"。可是，这个世界上有许多事眼见不一定为实，耳听也不一定为虚。《黄帝内经》将人分为真至圣贤四层境界，对真人的描述是："提挈天地，把握阴阳，呼吸精气，独立守神，肌肉若一，故能寿敝天地，无有终时，此其道生。"至人是"游行天地之间，视听八达之外"……这些都不是凡人可以理解和到达的。凡人没有那样的能耐，也认识不到，甚至也想象不到，否则就不是凡人了。

人类所能认知的世界，还是极小的一部分。如今借助科学手段，正在慢慢揭开未知世界的神秘面纱。比如说暗物质，比如说量子纠缠。再者，认知无止尽，科学也是一个不断修正的过程。况且，认知世界除了科学，还有其他的方式，比如说中医。科学无法解释许多中医的理论，中医却能治病救人。

我们对这个世界不知道的还有多少？

回答当然是：不知道。

所以，左慈的神通是真是假？我也只能说不知道。

后来，左慈为防曹操加害，躲进大别山，与几位同道修炼仙丹。左慈下棋的地方叫棋盘岩。棋盘岩之顶平削如台，危耸半空，棋盘上的纵横线条，至今清晰可见。

东晋葛洪在《神仙传——左慈》的结尾中写道："慈告葛仙公言：'当入霍山中合九转丹。'丹成，遂仙去矣。"

葛洪，就是那个说"我命在我不在天"的葛洪。

文化的传承，一是靠书籍，二是靠书籍之外。可是，书籍之外是哪里呢？

我们看到的有许多不一定为真，许多的真我们不一定能看到，只是，存在就好，总有一天会看到、会明白。

历史像影子，影子是一盏灯。

原载《安徽文学》2021年第10期

（第一、二小标题）

《油脉》2022年1期

浮于河流

一

我可能是病了。日夜漂浮于一条汹涌的河流上，疾速掠过。我看不清楚岸边的风景，也无法停下来歇脚。哦，漂浮不用歇脚，脚并不累，是我搞错了。我说过，我可能是病了。

我漂浮于河流之上，满耳皆是喧嚣，就像汽车掠过沙石公路腾起的漫天尘沙，密不透风。

我无数次问自己，为何会如此漂浮？没有任何回答。我猛然意识到，这一条无心的河流，把我的心弄丢了。

恐惧袭遍，冰寒弥漫，像一条蛇不慌不忙地爬过。

我的心丢到哪儿去了？

从大雨中飞奔归家，一步踏进电梯，发现电梯里已经挤得满满当当。左边，是种植牙的彩照，张着一张年轻的血盆大口。右边，是治疗近视的，夸张的大眼睛一只睁着，一只闭着，犹如一个独眼怪兽。背后，群魔乱舞似的一群人，不知道在干什么，卖衣服，或者其他什么，总像要从背后袭击。匆忙扫了一眼，骇了一跳，心脏"嘭嘭"跳起来。这电梯里的小灯泡实在是太暗了。惊魂未定，电梯门的一侧，突然出现了有声视频，一个男人突然鬼哭狼嚎起来，嚎什么，根本也听不清楚，只见其身子扭成一团，原来是在卖什么品牌的鞋子……

深更半夜，独自踏进这样的电梯，真是午夜惊魂。本能地想伸手扯掉视频，一转脸，发现头顶上方一个黑洞洞的探头，幽深幽深地望着自己。我不寒而栗，立马住手。一个声音在告诫自己，别给自己惹麻烦，惹不起，惹不起。

自此害怕出门，实在也是害怕坐电梯。这还是回家的电梯吗？若是不得已乘电梯，就用耳机塞住耳朵，然后闭眼，只留一条缝，不至于让鼻子撞墙。

我被一股可怕的力量包围了。这幽灵似的力量，如影随形，甚至紧紧跟到了我的家门口，恶梦一般难以摆脱。

我觉得自己蜷缩着身子，云一般轻飘，随波漂浮。我梦想着，这汹涌的河流能把我送到一个人迹罕至的地方，一个清静干净的地方。

我的生命，为什么要遭到绑架？

二

母亲打电话来，告诉我父亲病了。我立马飞奔回家。

每次去火车站，我都会起一身鸡皮疙瘩。我害怕听见小喇叭里一遍又一遍不厌其烦地播送着的内容：不要和陌生人说话，不要让陌生人看管行李……进入候车室，还是这种刺耳的声音，像一把铁铲在努力地顽强地刮着铁锅。或许是要显示一种力量，男播音员的声音愈发地粗糙、生硬、冰冷，空气中宛若飞舞着一根根无形的狼牙棒。

我一下子感到了身心的孤独和无奈。有几次，我只能拖着行李箱一起进厕所。我看着行李箱，行李箱也看着我，却是一脸的茫然和嫌弃。我忽发奇想，如果一个女人抱着一个孩子，带着行李，恰巧赶上要拉肚子，她该怎么办？她要找车站工作人员帮忙吗？可是穿制服的工作人员根本不在这里候车。

我是不是杞人忧天了？

火车像要飞起来，穿梭于辽阔的大地。车厢里还在不时地播着：不要和陌生人说话……

果然无人交头接耳，无话可说，或者无心情可说，彼此安静。有人在睡觉，有人在沉思，更多的人在看手机。他们不戴耳机，旁若无人，自得其乐，似乎也想让别人跟着他们一起乐。记忆中的温暖的大家庭，竟然变得如此的陌生和自由了吗？

哦哦，我是不是病了？

我可能真是病了。为什么别人能够忍受，我却妄念不断、坐卧不宁？我的心真的是丢了吗？可是，许多时候，我分明感觉到了心脏还在"嘭嘭"地跳，还在隐隐地疼。

算了，不去妄想了，安静一会吧。

三

父亲腰疼，腿疼，下不来床。再加上前列腺有问题，频繁地上厕所，严重影响了睡眠。他躺在床上，只要喊一声，或者说一句什么，哪怕是一句梦话，我们这些在他身边的人就会立刻奔过去，小心翼翼地探寻、帮助。

没想到，他那天竟然没发出任何声响，神奇地独自从床上站到了地上。他要自己去厕所。

父亲扶着墙，扭头看了一眼隔壁，便无力地倒在了地板上。

不知道是不是摔这一跤的原因，很长时间，他解不下来小便。摸摸他的小腹，绷绷涨涨。这让我们无比紧张，活人岂能被尿憋死。当机立断，打电话要了一辆救护车，将父亲送到附近医院的急诊室，插上了导尿管。

有了导尿管，父亲不用再多次起床，睡得踏实，也减少了我们陪护的疲惫强度。几天过去，我犯愁该如何取出导尿管。若再去一趟急诊室，那是不是太夸张和折腾人了？

小区拐角就是社区医院，离我住的楼不过一百多米。我打电话过去，听了半天语音提示，也没弄清楚该找谁，于是选择了人工服务。对方听明白了我的意思，就让一个全科医生来接电话。医生是个女的，说她做这事不方便，第二天下午是男医生值班，建议我再打电话试试。

翌日下午不到两点，我直接登门去请。都说见面三分情，我去请把握应该更大些。我还是第一次来这里，三楼一个大房间被隔成了许多小房间，中医科、全医科、药房、理疗室等等，麻雀虽小五脏俱全。值班小姑娘头也没抬，说：三点才上班呢。

我只好回去。

再来时，已是熟门熟路。一位高个子男医生戴着大口罩，口罩捂不住的地方，露出了皮肤的黑。

我非常小心地说明了来意，希望他能屈尊移步，需要多少费用都可以。他说这不行，还有其他病人呢。我扫了一眼空空荡荡的屋子，有点低声下气。一百多米的距离，上楼有电梯，耽搁不了您多长时间。医生和颜悦色，仍然不同意，反而劝我自己动手。我吃了一惊，说隔行如隔山，这怎么能行？他说，其实很简单，接着便耐心给我讲解导尿管的原理。"如果没有针头抽出水，可以用剪刀剪断一个管子，让水流出来。水流出来了，挂钩就瘪了，导尿管就可以出来了。"道理我懂，可还是不敢亲自动手。

我希望他能在晚十点下班之前走一趟。他被我磨不过，想了想，说，你明天晚上九点半再来一趟看看吧，或许有时间，或许没时间。我感激地答应着，心却不听话地往外蹦字：有这磨嘴皮子的工夫，导尿管早已取出来了。

他不情不愿的姿态，让我的心渐趋冰凉。

我不能责怪他什么，他也没有做错什么。回程路上，我情不自禁想起小时候打过交道的赤脚医生，背着一只药箱，走村串户，热情亲和。那时候，穷是穷了点，可是都很善良，对别人也多是真心实意。不似现在，有人像是戴着面具，在舞台上唱戏一样，一板一眼，架式颇美，却没有生活的温度。

社区医生毕竟已经不赤脚了。

人类在发展和进步，这句话一直让我坚信和欣赏，真理就是真理。只是这发展和进步带来的是否全都是好的改变呢？答案自在人心。

四

有一天，我去执法站处理违章。我已经好几年没违过章了，车越开越小心。这次是别人开我的车违章了，怕十二分被扣完，我带上了老婆的驾照。现在的规矩是，用谁的驾照扣分，谁就得亲自去。警官的话异常简洁，办？不办？我想问问咋办更好些，他不耐烦了，拿出执法仪打开摆在了我面前。

我笑了。

现在，一言一行都在努力地中规中矩，合规合法，却就是觉得坚硬和冰冷，甚至是虚张声势，像木偶表演，无心，也无灵魂。

这是一条汹涌的没有心的河流。河流裹挟着泥沙和我们，茫然向前。

我固执地以为，心像流水，像空气，无所不在。心是爱，是慈悲，是对他人的爱，对工作的爱，对生命的慈悲，对世界的慈悲。心又如何能用条条框框去计量它的存在。哦哦，我是不是病了？

没有心，就没有爱，更没有慈悲。即使看上去像有爱的模样，也不会具有爱的温度。就像一对演戏的情侣，将激情进行得热火朝天，轰轰烈烈，中间却隔着一块不易察觉的透明玻璃……

在这条无心的河流里漂浮，我早已厌倦透顶，却不得不习惯河床的宽阔和温柔。

那天，一个业务员登门升级宽带网。装好后，他告诉我，一定要给他打满分。伸手要评价，实在令人不快，况且……后来，我少给了他一分。

第二天，一个自称主管的打电话来，客气地追问，您知道我们在考核吗？个人收入与考核结果是挂钩的。他希望我能重新给他一个满分。又过几天，那个业务员也打来电话，问了我同样的问题，希望我能改变想法。他们都非常想要一个满分，就是不问问我少给一分的原因。

本来，我想用这一分告诉他一个关键的问题。如果他明白了我的苦心，今后或许就不会丢失众多的一分。可是，他，他们，只关心眼前的满分，并不关心成长和远方。即使告诉了他，他也不会入心，说不定还会拉成仇恨。

那就算了吧。也许，是我病了。

再后来，我的手机又响了，一个女声说了一大串的话，口齿清楚，发音标准，播音员似的滔滔不绝。我想问她一个问题，却始终插不上话。她只管自语自话，填鸭似的不停嘴。我突然明白，这不是一个活人。

我觉得受到了轻视和愚弄，厌恶的情绪像流水，一下子涌了上来，忍不住怒骂：滚……滚……长江东逝水，浪花淘尽英雄……

五

我仍然漂浮在汹涌的河流上，身不由己。我想停下来，歇息片刻，让自己喘口气。可是我停不住。就像此刻我在贴地飞翔的高铁上，它不停站，我又怎么能下得来。

漂浮的晕眩，已经让我找不着自己。我觉得自己是真的病了，心是真的丢了。为此，我垂头丧气，又于心不甘。我抬头看看天空，蓝天白云，太阳高悬。这么好的天，我的心应该还能找得回来，我的病或许也能悄悄自愈。许多人说我太天真，有这样的想法，是否说明我的确是天真呢？

为了减少父亲路途上折腾的痛苦，我大着胆子决定自己动手拔出父亲身上的导尿管。我相信，只要想做，就没有什么难事。河流汹涌中，让自己成为一个多面手，才是最好的自我救赎。

去药店买了一个针管，按照手机视频的示范，一步步操作，然后，然后，奇迹出现了。我看着弟弟拿画笔的手小心温柔地完成了这一切，心中悬着的石头终于落了地。

本来是不想感恩的，现在却一个劲地默默感恩。

太累了，让汹涌的河流把我送到安静的地方，把我送到洁净的地方，没有喧嚣和肮脏，让我歇息一会，让我清静一会，让我倾听一下自己的心，究竟还在不在，是不是真的病了。

第二辑

相

遇

又见李宏塔

李宏塔被授予"七一勋章",让我想起来,我曾经采访过他,写过他。

国庆节后的一天,央视一个节目组导演打来电话,说要做一期关于李宏塔的节目。节目组查询了大量资料,发现16年前我写的一篇文章是最早、也是最全面介绍李宏塔的——《在李大钊革命家风沐浴下》。

那天,我找到了那张保存多年的报纸,带到节目录制现场。16年后再相见,李宏塔的头发几乎全白了,但是他的笑容依然那么真诚、实在。恍惚中,我似乎寻回了当年的记忆和激情……

一

李宏塔与共和国同龄。他出生时,父亲李葆华任北平市委第二副书记,正为新中国的成立而奔忙着;母亲田映萱在长辛店机车车辆厂党委工作,一个星期只能回家一天。出生才19天,李宏塔就被送进了一家市民托儿所,直到6岁才被接回家。父母对子女的要求非常严格,从未给过他们一点特殊的照顾。

李宏塔从小就养成了一种平民意识。

上世纪六十年代初，李葆华调任安徽省委第一书记。父亲轻车简从、埋头苦干、实事求是的工作作风，给李宏塔留下了深刻印象。

一天，有人给家里送了几袋新疆葡萄干，李宏塔拆开一包就吃。父亲下班回到家，发现了，立即严肃地说："要记住，我们只有一个权力，为人民服务。做了一点工作就收礼物，这不是共产党人干的事。"李葆华让家人把葡萄干退回去，李宏塔吃掉的那一包，也被折价一同退了款。

1966 年，李宏塔中学毕业报名参了军。临别之时，父亲语重心长地对他说："要准备吃大苦。不能吃苦，就不能成人。"

李宏塔在江苏河口农场当了一名农垦兵。犁田、播种、插秧、除草、沤田，他样样都干，不怕苦不嫌累。那时，李宏塔身高体瘦，战友们给他起了个外号"大虾"。没想到，这位"大虾"在艰苦异常的劳动磨炼下，身体变得健壮结实，一肩可以挑起 100 公斤的重担。在部队三年，他被评为劳动能手、神枪射击手、万米游泳能手。

从部队退伍后，李宏塔被分配到合肥化工厂当了一名普通工人。那时候，化工厂的技术条件比较落后，有害气体腐蚀性很强，要戴防毒面具上岗。第一天晚上，班长带领工人小费上班，让李宏塔跟班学习。到了深夜，小费睡着了，班长忙不过来，李宏塔就积极参加操作，当班长的助手。班长很高兴，说："第一天就能上手，真不错。"李宏塔积极肯干，很快成了厂里的骨干。班长成了他的老师、好友，介绍他入了党。

几年后，厂里推荐李宏塔去上大学。从合肥工业大学毕业后，他回原单位当了一名技术员。因为工作成绩突出，又富有实干精神，李宏塔被推荐为共青团第十次全国代表大会代表。1978年，他被任命为共青团合肥市委副书记。1980年，任共青团合肥市委书记、中共合肥市委常委。1983年，调任共青团安徽省委副书记。

依靠勤奋苦干和聪明才智，李宏塔一步一步成长起来。有谁知道，其间他付出了多少汗水呢？

二

转眼，李宏塔38岁，要离开共青团了。组织部门向他征求意见，他毫不犹豫选择了省民政厅。他说："我就是想找一个干实事的部门去工作。民政尤其实在，是直接给老百姓办事。"

李宏塔如愿到了省民政厅，在厅领导的位置上一干就是18年。期间，有人为他得不到升迁而"打抱不平"，可他自己却泰然处之。他认为，只要能够为百姓工作就心满意足了。

在安徽，李宏塔每天骑自行车上下班是出了名的。厅里要安排小汽车接送，他笑着说："我还是骑自行车方便。"多年间，无论刮风下雨，他都坚持骑车上下班。有人曾提醒他，你不坐车，别的副厅长咋办？李宏塔说："咱这是锻炼身体，并不影响别人坐车，干吗非要步调一致呢？"

久而久之，在李宏塔每天必经的长江路、六安路上，交警都知道这位高个、魁梧、满头灰发的中年人是民政厅厅长，敬意油然而生，见了面总要跟他打个招呼。

那些年，李宏塔骑坏了4辆自行车，穿坏了5件雨衣、7双胶鞋。2003年，李宏塔将自行车换成了电动车，他笑称自己是"与时俱进"。

李宏塔的平民意识一直没有改变。他把骑自行车当成了一种体察普通百姓生存状态的最好方式，他要让自己的工作和思想境界都不脱离人民群众，当一个真正为人民办事的党员干部。

三

说起李宏塔家的房子，更是故事多多。

那年，有记者敲开了李宏塔的家门。踏进门槛，只见一个约8平方米的门厅，一张长方形餐桌占去了门厅的三分之一，餐桌用手一扶便有些摇晃。一台老式吊扇在头上慢条斯理地转着。家中的床与柜都是他结婚时买的，尽管有开裂的、脱漆的，他们依然舍不得丢弃。李宏塔说："那都是正经木板做的。"在另一间屋里，刨花木板的组合柜、写字台以及电视、书柜把房间挤得满满当当。一组三人沙发因地方太小被分开放置。李宏塔风趣地说，这样正合适，谈话可以面对面了。由于房子小，家里的电视只有20寸。李宏塔幽默地解释，我就喜欢小电视，清晰度好。

安徽省人民政府 1982 年对干部住房标准有过这样的规定："地、市和省直厅、局级以及相当于这一级的干部，每户建筑面积 70 至 95 平方米。"可是，1981 年就已是副厅级的李宏塔，1984 年却搬进了 55 平方米的两居室，而且是位于楼的最西边，冬冷夏热。一家三口一住就是 16 年。这期间，李宏塔调到省民政厅，曾先后 4 次主持厅里的建房和分房工作，却从未给自己要过一套房子。许多同志说："不管哪一次，他要一套新房都是合情、合理、又合法的。"但是，每到分房时，李宏塔看到房少人多，就按照老规矩办，先群众、后干部，而且是"后"到每一次他都没住上新房。

1998 年，是国家最后一次福利分房。这一次，李宏塔有过思想斗争，可是当他看到许多年轻同志住房较差，需要改善，还是放弃了机会。

直到 2000 年，有关部门给李宏塔补了一套小房子，临街，噪音大。李宏塔让儿子去住，他们老两口仍住原来的房子。

作为厅长的李宏塔，只要稍稍为自己安排一下，哪怕只是得到他那个级别应该得到的，他一家的生活都会是另外一个样子。但是李宏塔却固守清贫，而且心甘情愿。这不禁使人想起他的祖父李大钊，为创建北京共产主义小组，从自己 120 元的薪水中拿出 80 元作为活动经费，使家庭生活陷入困境。儿女上学交不上学费，冬天家中买不起煤球，冷如冰窖。李大钊本人也衣食节俭，经常是一块大饼、一根大葱地对付一顿，衣服也近乎寒酸。从容就义时年仅 38 岁，"殁后则一贫如洗，棺椁衣衾，皆为友助。"

　　李葆华生前，家中的简朴让人难以置信。房子是上世纪七十年代的建筑，老旧的三合板家具、人造革蒙皮的椅子，沙发已塌陷……2000年，有关部门要为他调房，他说："我住惯了，年纪也大了，不用调了。"而且多次谢绝装修。

　　"革命传统代代传，坚持宗旨为人民。"这是李宏塔自撰的一副对联，也是他的座右铭。

四

　　李宏塔信奉的为官之道是：一要干事，二要干净。

　　1998年，李宏塔担任省民政厅一把手。当时，正值民政部提倡开展制定救灾预案工作。针对历年安徽水灾频繁的状况，李宏塔率先提出了在沿江地市推行救灾预案。之后，他一个地市一个地市地跑，狠抓落实，要求写进政府的工作报告中。结果预案刚刚做完，就遇到了百年罕见的大水。因为安徽有备而战，灾民安置得很好，得到民政部的高度评价。

　　2003年夏天，淮河、滁河流域发生水灾，李宏塔连续20多天奔走在灾区。他晴天一身汗，雨天一身泥，衣服湿了干，干了湿，渴了喝几口矿泉水，饿了啃几口干粮，不顾疲劳，起早贪黑。那段时间，他累瘦了，晒黑了，胳膊上的皮肤由红变黑再变"花"，脱了好几次皮。

　　安徽省民政部门的同志都知道，李宏塔有三句"名言"：视孤寡老人为父母，视民政对象为亲人，视孤残儿童为子女。

　　一年中，李宏塔有一多半的时间在基层度过。他秉承了父亲的工作作风，下乡都是轻车简从，不向有关市、县打招呼，经常直接让司机"把车子开到进不去的地方"，然后步行进村入户，检查救济粮的发放情况，要出存折核对优待抚恤金有没有到位。他说："我们多一点辛苦，群众就少几分痛苦。"从百姓家里出来，他再到乡镇了解情况，最后到县市听汇报。如此一来，很多同志都熟悉他的"反方向工作法"，在他面前汇报工作，丝毫不敢掺水分。

李宏塔是那种把理想、精神、信念看得很重，而把物质享受看得很轻的人。他说："先辈教育我，要永远保持艰苦朴素的作风，始终把自己置身于人民群众中。"有人觉得不可思议："你为什么不追求'车子、房子、位子'？"李宏塔诚恳地说："进入市场经济以后，有些人的价值观、人生观变了，其实我做的只是为官的本分，公务员就应该这样做。"这就是李宏塔，为人做官坦诚、朴实，对党的事业忠诚，对人民感情至深。

沧海桑田，三代人，一根红线，让人感受到了共产党人像金子一般闪光的高贵品质。在革命家风影响下，李宏塔从小就受到了为人民服务和廉洁教育。他的信仰是生长在骨子里的，是活在灵魂里的。

2008 年，李宏塔当选为安徽省政协副主席，在全国两会上，常能听到他为困难群众"发声"。退休后的李宏塔选择了加入中华慈善总会，依旧为改善困难群众的生活四处奔走。他说，慈善能直接为最困难的群众服务，这是我晚年的一件幸事。

原载《中国纪检监察报》2021 年 11 月 12 日副刊

锺书先生的"空话"一直温暖我

——作家吴泰昌与文学前辈

"文坛前辈吴泰昌先生，不仅以文章名世，更与诸多大家密切往还，亲历和见证了当代文学史乃至文化史上的种种韵事胜景。吴泰昌文学馆亦应成为一处胜景，保存文化记忆，传播文学精神。"2019 年 11 月 10 日，吴泰昌文学馆开馆。中国作协主席铁凝的题词给予文学馆极高评价并寄予厚望。

吴泰昌与中国当代文学同行六十多年，他的写作和亲历也是中国现当代文学的一个存照。

11 月 10 日，吴泰昌文学馆开馆。红光满面、满头银发、身穿大红毛衣的著名散文家、文学评论家吴泰昌精神矍铄地向来宾介绍着一件件展品。那天，81 岁的泰昌老和他的家乡——诗圣李白的终归之地安徽当涂，一并成为中国文学界瞩目的亮点。

这是重量级的文学馆，中国作家协会主席铁凝亲笔为文学馆寄语祝贺；北京大学资深教授、中央文史研究馆馆长袁行需题写馆名；当今众多文学名家王蒙、蒋子龙、梁晓声、张抗抗、谢冕、熊召政、季宇等为文学馆题词。"文章朴简透学养，眼界宏阔见修为。"文学馆大门上，镌刻着中国作协副主席吉狄马加的题联；进门右手，泰昌老的半身雕塑头像栩栩如生。展馆由"故乡岁月""北大求学""在《文艺报》的日子里""青春长驻""与大家同行"五部分组成，数百幅珍贵的图片和文字资料以及书籍、信件等实物，清晰地呈现了吴泰昌的文学旅程，也从一个侧面记录了当代文学的发展历程。

在吴泰昌与钱锺书、杨绛夫妇的合影前驻足，吴泰昌眼前又浮现了1977年初次见到钱锺书、杨绛夫妇的情景。第一次与他们合影是在1980年，最后一次合影是1994年2月4日下午。四个月后，钱锺书住院，再没有回到三里河家里。吴泰昌说，初见钱先生之后一年多里与他们没有联系，没想到体衰多病的锺书先生还惦记着他这个晚辈朋友。1978年12月，自己突然接到锺书先生的来信："去秋承惠过快晤，后来，听说您身体不好，极念。我年老多病，渐渐体会到生病的味道，不像年轻时缺乏切身境界，对朋友健康不甚关心。奉劝注意劳逸结合，虽然是句空话，心情是郑重的。"钱先生的这句"空话"，沉甸甸地流入他的心底。虽然读到信时自己已经康愈，但这迟到的问候却给了他持久的温暖。

吴泰昌文学馆面积五百多平方米。步入图书馆三楼，远远就能看见文学馆大门侧墙上的七个大字："亲历文坛六十年"，这或许可以视作文学馆独特的镇馆之宝。

图案中间，是吴泰昌先生的相片，四周印着众多现当代著名作家的彩色相片和名字：刘白羽、艾青、郭小川、周立波、杨绛、周扬、沈从文、叶圣陶、柯灵、吴组缃、孙犁、唐弢、张光年、陈白尘、陈学昭、钱锺书、任继愈、臧克家、赵朴初、王任叔、郭沫若、张天翼、冰心、曹禺、阳翰笙、冯牧、茅盾、夏衍、杨晦、姚雪垠、王瑶、陈荒煤、李一氓、阿英、李健吾、巴金、田间、张恨水、朱光潜、严文井。

这张文学"联络图"穿越时光，让人一目了然，吴泰昌与这些现当代文学史上的重要作家，有着深入的交往和深厚的友谊。张抗抗给文学馆的题词成为这幅图案的最好诠释："吴泰昌先生是前辈作家与当代作家之间的桥梁，文学批评及文学史研究兼得，可谓当代文学的文字地图。他重情重义，善待文学友人。于我而言，他是老师，更像兄长。"难怪吴泰昌先生有着"当代文学活化石"之美誉。

吴泰昌说："文学馆内的图书和资料，是我与中国当代文学同行六十多年来，读书、写作和交往的缩影与见证，也是中国现当代文学的一个存照。能够将这些图片、图书和资料妥善藏放并让更多的人见到读到，我感到无比欣慰和心安。此时此刻，我分外怀念那些远去的时光和文坛前辈。"

泰昌老将珍藏多年的照片、手稿、著作、各种资料等悉数捐出。这么多资料，泰昌老是如何从那些堆积如山的资料中翻拣出来的？耗费了多少时间、精力和心血？别人也许无法想象，而我却是明白的。每次去泰昌老的家，从进门就得小心翼翼抬脚拣空，偌大的屋子已经快被书籍报刊淹没。他就像生活在一个偌大的资料库里。

吴泰昌 1938 年生于安徽省马鞍山市当涂县。1964 年北大研究生毕业，长期从事文艺报刊编辑工作，1984年至1998年任《文艺报》副总编、第一副总编，编审，后为报社顾问。已出版散文、评论集30余部，代表作品有《艺文轶话》《文苑随笔》《有星和无星的夜》《梦里沧桑》等。主编《中国新文学大系（1977-2000年）散文卷》等多种图书。从工作岗位退下后，坚持"亲历大家"系列写作，近年陆续出版了《我亲历的巴金往事》《我认识的朱光潜》《我知道的冰心》《我了解的叶圣陶》《我认识的钱锺书》。

吴泰昌的作品，受到广泛赞誉。孙犁说："我很喜欢读泰昌的这类文章，短小精悍，文字流畅，考订详明，耐人寻味。"钱锺书赞誉他："你是'文学世家'又有轻灵的手笔，所以兼有史料价值和轶事笔记的趣味。"吴组缃说："我把《论语》《孟子》都看做散文。泰昌的散文，正是这样一路的散文。我喜欢这样的散文，它们的特色，是随随便便、毫不作态的称心而道，注重日常生活和人情事理的描述，读来非常亲切、明白，又非常自然而有意味。"

早在十几年前，吴泰昌就将自己多年精心收藏的近万册图书捐给了马鞍山市图书馆，其中五六千册是茅盾、巴金、冰心、叶圣陶、夏衍、朱光潜等当代文豪以及现当代老中青三代中有重要影响作家的签名著作。

我一直想收藏吴泰昌早年获奖的散文集《艺文轶话》，可喜且巧的是，安徽文艺出版社近日出版发行了吴泰昌文集三卷：《艺文轶话》《亲历文坛》《心如朗月》。泰昌老在第一时间签名题赠，令我感动。随手翻开厚重的《亲历文坛》，便看见巴金在茅盾逝世当天写给吴泰昌的手迹："火不灭，心

影子灯

不死，永不搁笔。"

　　巴金的赠言，是对吴泰昌的勉励，也成了泰昌老的追求。他会继续书写，永不搁笔，书写时代的文学辉煌。

原载《北京晚报》2019 年 12 月 19 日

一个人与一棵树

许多人喜欢在植物世界里对应自己的影子，松树、白桦、水杉、银杏、芒果、石榴……甚至一棵野草。它们无言地表达了对应者的精神品格、情感和隐秘的内心世界。一棵植物，成为一个人的心性表达。

诗人张庆和最真实的影子，应该是他笔下的那一棵酸枣树。1993 年，张庆和创作了散文《峭壁上那棵酸枣树》："那是我亲眼看见的：那一年秋天，于不知不觉中，它竟结出一粒小小的酸枣。是的，只有一粒，而且小得几乎为人们所不见。那酸枣是春光秋色日月星辰的馈赠，是一片浓缩的丹霞云霓。亮亮的，红红的，像玛瑙，像珍珠，像一团燃烧的火焰，像那万仞峭壁的灵魂。"

峭壁上的那棵酸枣树，自有它向死而生的勇气和精神。

"那是一棵怎样的树呵！它高不足尺，阔不盈怀；干细枝弱，叶疏花迟……然而，酸枣树并没有被征服，它不低头，它不让步，于数不尽的反击和怒号中，炼就了一身铮铮铁骨，凝聚了一腔朗朗硬气。"

1969 年初，几经周折，不到 20 岁的张庆和成为解放军空军的一名高射炮兵。由于文化水平低，他很想读点书，可那时的部队里很难找到书。有一次，他去炊事班帮厨，在一堆即将被填进锅灶的乱草堆里发现了一本破旧不堪的书——《诗词格律解释》。他没舍得烧，拿了回去，闲暇时悄悄翻看。谁知一看就上了瘾，几乎把书中引用的古诗词都背了下来。他还想再看点别的书，就给他的小学老师、时下正在兰州军区司令部当秘书的郭泗秀写信。郭老师给他寄了一本《青春之歌》，并且嘱咐，书不用寄回，但要保存好，如想看别的书，以后再寄……

经过不断地学习进取，张庆和终于成长为一名作家。与其说是书改变了张庆和的命运，不如说是一颗不倦追求的心改变了命运。

作为那棵酸枣树的化身，爱情也是最坚强的支撑。

2017 年 9 月，张庆和与老伴刘伟应邀做客山东电视台，讲述了两人"三年写恋爱、九年牛郎织女生活"的情感历程。张庆和朗读了他感人至深的《一封家书》，动情处，两人潸然落泪，紧紧相拥。那是一段有时代特色的恋爱。他在荒无人烟的青海高原守卫核基地，她在北京盼星星盼月亮地等待他童话般出现在面前。从第一次探亲见到她，到第二次再见面，中间隔了两年半。北京、青海，几千里的遥远距离，寄一封信要一个星期。他们约定每周给对方写一封信。信成了他们恋爱过程的全部。两个人收获了爱情，也收获了一大摞信。

在那些如落叶一般飘逝的漫长日子里，张庆和的心灵承受了什么样的淬火与新生呢？写信，让他喜欢上了写诗。

　　《峭壁上那棵酸枣树》发表近 30 年了，"转眼远离故乡 30 年，我再也没有再见到过那棵酸枣树。"如今，又是近 30 年过去，想必庆和兄还是没有再见过那棵酸枣树吧？但是，那棵酸枣树一直都在，在他身边，在他心里，也在读者心里。

原载《工人日报》（2020 年 08 月 16 日）

李迪：像战士一样冲锋

看到李迪病逝的消息，我不敢相信，多希望这是一个假新闻啊！

从这一刻起，红衫白裤墨镜、步伐矫健、幽默风趣的李迪老师一直在我眼前浮现，幽默的话语又时时响在我的耳边。

一

2019年5月8日，李迪受邀去山西永和县要写一部扶贫报告文学《永和人家的故事》。

永和县有18万亩野槐花，这是一个了不起的槐花经济，还形成了蜜、茶、饼等一系列槐花产业。槐花从四月下旬盛开，持续整个火红的五月。永和有槐花，还有著名的黄河乾坤湾（"天下黄河99道湾，最美不过乾坤湾"），还有北方最美的梯田。

有天晚上，李迪忍不住就说起他的采访感受，他说话就像他的文笔一样，鲜活生动。"我是你的腿。一个没有腿的人，帮助有腿的人。"被采访的主人公说当时想死，他猛然追问，为什么没有死？主人公愣了半天，才回答，小女儿放学回来，离老远就喊——爸，我下学回来了。女儿的一声喊，让他热泪滚滚，我若死了，女儿管谁喊爸？

我说李迪你心太狠，怎么会问出那么尖刀寒光的问题。他说，我要的就是他那一句话，沉潜在最心底的东西。

还能说什么呢？这就是李迪的著作频频出版的原因，这就是"李迪现象"的根本原因。他的作品永远饱含深情，永远能打动你的心灵。他永远是"真人真写"。

别看李迪整天乐呵呵的，会生活，其实狠着呢，是那种在工作上的狠，对自己的狠。那天，他去采访一个历经曲折艰难的养蛇女人。去她家，要趟河，没有桥，要趟过没有桥的河。他说起采访情境，说得动情，像个入戏的演员。累了一天，吃过晚饭以为他要休息，他却又约了去采访。第二天早晨，吃过饭，他又下乡去了。

李迪当过兵，他总是雷厉风行，像个冲锋的战士。但是，白天晚上连轴转，一刻也不休息，他已年过七旬，怎么受得了？

李迪对自己就是这么狠。

二

因为疫情，我从去年九月至今基本上都住在老家安徽，回不了北京。

春节后，很长时间没看到李迪发微信，也没有他的消息，甚感奇怪。4月3日，我终于忍不住了："迪老，一向可好？最近微信群里有点深沉了。"李迪回话说："对不起，本来不想多跟朋友说……"

在我的追问下，他告诉我："去年底，作协派任务让我深入湘西十八洞村生活，半个月，吃住老乡家。山高阴雨连天，我每天爬山走寨，腰受寒凉。年岁不饶人。当时不觉得，回京一个礼拜，突发腰痛难忍。去医院拍片，结论是腰部受大寒，劳累致腰椎滑脱，腰水肿，医生说没有好办法，只能卧床。至今已卧床三个多月。不能坐立、行走，直到近日，才稍有好转，能下床了，但走几步又得躺下。太虚弱了。"

原来如此。他在赴永和采访之后，又接受任务去湘西采访扶贫。所幸他的最后一次采访是在新冠肺炎疫情之前。一年写两部扶贫著作，堪称奇迹，在我看来，这无异于是在拼命。

在25位参与中国作协"脱贫攻坚题材报告文学创作工程"的作家中，李迪是年纪最大的一位。2019年11月10日到20日，他在湖南省湘西花垣县双龙镇十八洞村蹲点采访创作。

北京距离十八洞村相隔将近1700公里，从北京出发要先坐6个小时高铁抵达长沙，再坐5个多小时汽车才能辗转到达十八洞村。十八洞村属于高寒山区，海拔大约700米到1000米。正是寒冷而潮湿的深秋，李迪不断地翻山越岭，挑战身体的极限。为了方便挨家挨户走访，他婉拒请他住在县城或镇上的建议，坚持住在村口一家没有卫生间的吊脚楼客栈中。十八洞村有四个苗族村寨，每个自然寨之间相距将近

5 公里。李迪的采访对象分布在不同的村寨，往返每一个寨子都要翻山越岭。

十余天的时间里，他冒着毛毛细雨爬上爬下，走石板路，上台阶、下陡坡，不辞辛苦地听村民说村里的人和事。他深入生活，与每个故事的主人公生活在一起。可惜的是，他在这里受了寒凉。

"疫情中，哪儿也不敢去了。我是刚拍片后，疫情就来了，否则还麻烦。"他又说："万幸是我收集齐了素材，只剩写的工夫了。这就难不住我了。我现在不急了，年中交卷没问题。"

我劝他要劳逸结合，不要太拼。

他认可，说："是，今天没敢写了。昨天完成后腰疼，又上了膏药，看来不能久坐。本想半小时起立一次，但是，没做到，也做不到。你懂的。"我懂，写作有时候就是拼命，刹不住车。

又一天，他欣喜地告诉我："题目有了：让我在山上把眼泪哭干。写好发你。"

真佩服李迪的毅力。果然，4 月 8 号那天晚上已经 11 点 58 分了，他将这篇刚完成的稿子发给了我。第二天早晨 5 点，我从梦中醒后才看到，钦佩李迪的勤奋。以羞愧之心当即拜读，然后将几处笔误告诉了他。现在想起来，李迪是忍受着多大的痛苦在写这些作品啊，可以说字字句句皆是心血的凝成。

三

2020 年 5 月 1 日晚 7 点多，李迪突然在群里发了一条信息，介绍了自己去湘西十八洞深入生活和身体的情况，然后说："最后向亲们汇报：为作协写作的十八洞村的十八个故事，至今已完成一半九个故事。我是在床上用手机写的。把已发表的两篇，转如下，请多批评。明早将连同文章一起消失于群。"

"再见了兄弟姐妹们！"

第二天，李迪果然从群里消失了，再也没有发声。

5 月 22 日上午，听说书已经出版。还听说李迪的心脏要做一个小手术，正在等待手术的时间。

6 月 17 日晚，群里转发来一条信息，把我们都吓了一大跳："今天上午十点，我们在医院与迪兄的主治医生见面沟通，情况如下：迪兄仍在抢救中，医生与家属都没有放弃，但希望很小。主治医生肯定地说，迪老住院后，检查病因，确定他在湖南山区采访时，多日阴冷潮湿的环境使他感冒，并感染上一种病菌，高烧 39 度—40 度，这给他的体质带来一系列问题，引发肾炎等……"

这个消息真是太突然了，太意外了，让人震惊，不敢相信。时间，一分一秒地让人感到了担忧和煎熬。

19 日，"迪老已处弥留之际。盼最后一丝希望，起死回生。"

让人无言，泪目，祈祷上苍垂怜，祈祷迪老能创下奇迹。然而，奇迹没有出现。就连最后一线希望的曙光也湮灭了。

2020 年 6 月 29 日 9 时 38 分，李迪永远离开了我们，享年 71 岁。迪老，您是永远的战士，也是我们永远难忘的朋友。

后来我才知道，李迪是在生命弥留之际签发了他的两本扶贫新著《永和人家的故事》和《十八洞村的十八个故事》。这是他留给读者最后的纪念，他以生命书写了中国的扶贫大业。

我相信，有了被读者喜爱的作品，才是一个作家生命的往生。

原载 2020 年第 8 期《海内与海外》月刊

南有乡思北有爱

一

初识俞胜，我想起上世纪八十年代的一个经典画面，电影《红高粱》的一幅海报，画着有一点夸张的姜文的漫画像，长脑袋，耳朵支棱着。后来的影视演员夏雨也有过类似的画面。

这是 2016 年春，万木葱绿，玉兰盛开，在鲁迅文学院第 29 届高研班开学典礼上，我看见俞胜，脑海中闪过姜文和夏雨，暗自惊讶这"一棵树上的三片叶子"。

我和俞胜家都在北京，不住校，成了走读生，一聊，还是同乡，交往自然就多了起来。在京的皖籍作家诗人不少，吴泰昌、徐贵祥、刘琼、徐迅、王昕朋、王志祥、郭艳、任启亮、刘大先、杨庆祥、王法艇、洪鸿、周玉娴……为了说话方便，我建了一个微信群。大家聚在这个群里，时不时说笑几句，有好文章发群里共享，成为心灵的一个歇息之地。

少不了寻机小聚，每次我见了他就想起电影海报，特别是他笑的时候，更是神似。我喜欢性格随和的人，只要不是原则性的问题，轻了重了都不介意，好相处。这一点，俞胜与我"臭"味相投。他比较自律，酒不多喝。我是一个不喝酒的人，看别人喝都能被酒熏醉的主儿，所以，他能喝多少酒，我压根儿就不知道。有一天，俞胜突然宣布滴酒不沾了，几个人起哄架秧子，怎么劝他都不喝。看样子这是要"封山育林"呢，俞胜呵呵地笑，并不多言。这小子运气好，比我小不了几岁，赶上了二胎的好政策，让我羡慕。我赶上了"只生一个好"，没赶上二胎的好政策。人的生命花期太短了，尤其是女人。这就是命吧，时代的命。终于，俞胜主动要喝酒了，而且是改红为白，大家乐起来，都祝贺他。我说：你家老二和我外孙女差不多大，如果将来他们成了同学，你咋称呼我呢？俞胜端着酒杯大笑，脸都笑红了，连说：差辈了，差辈了。

　　一眨眼，走出鲁院已经五年了，我成了真正的"坐家"、闲人，文笔渐趋荒疏。俞胜却像一只大蜜蜂，不怕辛劳地默默耕耘，工作、创作两不误，成果就像秋天的紫葡萄，一嘟噜一嘟噜的。先是赠我小说集《城里的月亮》，我打趣他，别只盯着城里的月亮，把小芳忘了。不多久，又赠我小说集《寻找朱三五先生》，我认真拜读了，还写了一篇读后感《寻找生活的橄榄》，被两家报纸以头条发表。俞胜用他独有的家乡普通话逗我是"沈头条"。我则没事找事地一再追问：朱三五先生找到了没有？到底找到了没有？他就笑，一会儿说"找到了"，一会儿说"还没有"。后来，我们策划出一套"徽风京韵"散文系列，他等不及，另寻出版社先出了，这就是他的第一本散文集《蒲公英的种子》。我调侃他：蒲公英的种子，飞到哪撒到哪，还是谨慎点好。2020年，俞胜

出版了短篇小说集《在纽瓦克机场》，大型文学期刊《钟山》
发表了他的长篇小说《蓝鸟》，《新华书目报》发表了对他的
整版专访，我便以记者的腔调采访他：你解释一下为啥取名
"蓝鸟"？这个鸟为啥是蓝色的？这时报纸刊登了我的长篇小
说《桂花王》将要面世的消息，他于是笑嘻嘻地说，是为了
栖息在桂花树枝上……

我们像一面山坡上一起生长的荆棘花草树木，在阳光
下，在生活的风里，各自向上，又各自以生命的枝叶哗哗地
为彼此鼓掌。

二

俞胜性子温和，有谦谦君子的风度。以我的理解，皖地
大多文人的脾性都比较绵厚，踏实，不张扬，但是骨子里刚
硬。这有点像南方的黄酒，绵中有刚。这或许与安徽的地理
环境有关，安徽地跨长江、淮河，南北兼具，正所谓一方水
土养一方人。

文坛上，桐城派名满天下。俞胜是桐城人，自带文学光
环。这就不难理解了，他为什么从文，为什么写得好，似乎
都顺理成章，一点也不意外。

这一点，俞胜自己也颇为得意。他自己在文章中吹嘘
道："我常常对初次见面的朋友介绍自己，我是安徽桐城人。
语气中满满的自豪，听到我这样介绍的朋友往往发出一声惊
呼，原来是桐城派故乡人啊！言外之意，觉得我成为一个作
家便是理所当然的事，同时也说明'桐城派'作为曾经的一

个文学流派，到今天知名度依然很响、很亮。不过说起来很惭愧，虽然是桐城人，但我并没有系统而深入地研究过'桐城派'。我对'桐城派'的了解其实和大多数的文学爱好者一样只停留在这三个字眼上，顶多多知道一点这个古文派讲究'义理、辞章、考据'。"

瞧，俞胜又谦虚起来了。

有时候见面，我就喊他"俞桐城"，他回我"沈合肥"。男人之间如此"打情骂俏"，斗嘴，就像爱抽烟的人抽烟，爱喝酒的人喝酒，或者是酒席之前的"掼蛋"游戏，若是一碟爽口小菜，让人安逸受用。

俞桐城其实对"桐城派"的理论核心"义理、辞章、考据"还是有研究的。他在一篇采访中说：

首先说"义理"，由"义法"演变而来，无论是"义法"还是"义理"，都是中国文学"文以载道"传统的另一种表达；"辞章"，就是注意对语言的锤炼，文学艺术是语言艺术，自古哪有不讲究"辞章"的文学？"考据"，言必有据，我们今天读唐宋八大家的游记，譬如柳宗元的《小石潭记》，文章结尾部分，同游者：吴武陵，龚古，余弟宗玄。隶而从者，崔氏二小生：曰恕己，曰奉壹。您看，写上同游者就是立此存照，就是言必有据的意思。所以说"桐城派"是中国古典散文优秀传统的集大成者。历史上的各种文学派别都是溪流，到"桐城派"这里汇成大海。如果不是新文学革命，也许这个大海还要向其他的大海汇聚，到另外一个地方形成一个新的古文流派。但新文学革命，一下子完成了中国文学的伟大质变，让古文学到"桐城派"这里戛然而止，从此再无来者……

"桐城派"对俞胜散文创作的影响，他说是间接的，因为他没有刻意地要从"桐城派"古文中去继承什么。他主张散文创作要有"我"在场，有"我"的真情实感。这里的"我"不仅指的是以"我"为叙述视角，"我"更要见别人之所未见，思别人之所未思，从而使得自己的文本具有自己独特的个性，就是写出和别人不一样的地方。这才是散文创作有"我"之大义。

这是俞胜的散文观，也是他的追求。当然，散文观各有不同，风格也不同，尤其是当下，散文已悄然发生着深层次的变化，散文的硬度远未抵达生命的 G 点。可以想见，在经过时间的大浪淘沙之后，自会有一个明晰的印痕，也会走到散文的某个高度。当然，这个探索过程是五彩纷呈的。

"桐城派"三个字，似乎让俞胜戴了一个紧箍咒，就像一个学生当了班干部，处处要以身作则，他提笔为文时会想到，作文一定要用心，否则会丢"桐城"这两个字的脸。优越感成了压力，压力成了动力，动力成就了他的文学功力，渐渐地转凡成圣（胜）。

由此，我们这些非桐城籍皖人也跟着沾了"桐城"的光。

三

俞胜在生活中喜欢开玩笑，惹得众人哈哈地乐，他自己也快乐。

俞胜的散文也是这个味儿，读来有趣味，趣味的背后呢，却掩藏着令人思索的东西。

他在《秋是一点一点来的》一文中写道："你可知道，秋是一点一点来的，是凭着自己的努力一点一点来的。"这种非常浅白的表述，写出了内心求进的核心意识，不免让人联想到，哪一点成功不是通过一点一点努力而来的呢？

那天，看他的《东北人的"吃"》，笑得肚子发疼。在大连读书时，他跟着女朋友在未来岳父家待了一个暑假，家里养的 98 只鸡只少了一只，却是被黄鼠狼偷走的。南方有个习俗，"新姑爷上门，小鸡掉魂"，未来姑爷上门，肯定是要杀鸡待客的。他却是天天吃煮大茄子，吃得脸面灰突突的。他的两个男同学就是因为忍受不了吃煮大茄子，与女朋友分道扬镳了。俞胜经受住了天天吃煮大茄子的考验。女朋友对他说，家里没有杀鸡待客的习惯，如果想吃，明年再来，因为她家只杀十年以上的老鸡，这些鸡中最大的才九岁。于是，俞胜亲自操刀下厨，将煮茄子改为烧茄子、炒茄子……

生活情趣、南北文化差异，在他的笔下变得那么活色生香。但是，我总觉得这是俞胜的夸大其词，是在变相地向他老婆表白："瞧，我有多爱你。"

有评论家说俞胜的散文，语言不生硬、不造作，更无焦躁之感。口语化的表达恰到好处，也不追求更显文采的语句，读起来不会产生强求"出彩"所带来的生涩怪僻，或因词不达意造成的语意偏离，这种"恰到好处"，在目光顺畅之时，也形成了理解上的无碍通过。

评论家又说，俞胜散文的另一个语言特色是喜欢用问句结尾。有时自问，有时他问。他问时，感觉是你与他正走在小路上边走边谈，忽然看见远处出现了若隐若现的景色，他对你说："你看看那里是什么？"说完，却不为你回答，他径直向来路走回，留下你对着前面的风光痴痴地想，那里到底掩藏着怎样的一种存在。当然，有些问题穷尽了千百年的哲学家的思考，也是无法作答。

掩卷而思，将俞胜散文作品与以往的阅读经验加以分析，可以说，是大自然"日月星云风雨雪，山河湖水树花果"的千变万化，以高频率刺激作家在童年时期的神经，锻造了敏锐的观察力和感受力，俞胜无疑是其中的佼佼者。相信他在今后的散文创作中，会将这种观察力和感受力发挥得淋漓尽致，创作更多让读者喜爱的散文作品。

这让我想起孙犁的话："写文章，不尚高远，选择一些小题目。这种办法很可取。小题目认真去做，做到能以自信，并能取信于人，取信于后世，取信于科学，题目再小，也是有价值的。"

四

俞胜从小喜欢读书。除了读书，乡下也没有什么好玩的。他父亲也喜爱看书，是那一片乡下为数不多的文人。小学四年级，马上要升入五年级的那个暑假，他读了《杨家将演义》。那是他父亲借来的书，看完还没来得及还回去的一天晚上，他把那本书拿到了手。书中的故事吸引了他，让他不能中断，一夜无眠，通宵看完。这本通俗类小说，是他阅读的第一部长篇小说，应该是文学给他最初的启蒙。

后来，他在辽宁读书、工作，前前后后在辽宁待了十几年。那是他人生中最"芳华"的一段岁月。在那片土地上，他流过泪、流过汗，当然也有欢歌笑语。这片土地于他有着刻骨铭心的意义，有了家乡的意义。

至于他为何流泪，是喜泪还是悲泪，天天吃煮大茄子是否流过泪，他不说，但是也不难想象，反正就是小伙子的那点事吧。

2006年，他到了北京，到了一家中央新闻单位。这是个好单位，不知道有多少人羡慕、有求于他呢，可是他心里却养了一只文学的小兔子，时不时地冲撞他一下，搅得他心魂不安。终于，他从新闻单位跳到了文学杂志社，做了一名文学编辑。从此心安理得了，让心有了皈依。

离开大连两年后，他重回大连。在去大连的火车上，禁不住心潮澎湃。往事并不如烟，车窗外的树木一行行倒退，辽宁的人和事一幕幕走来。这是他的"第二故乡"。大茄子没有白吃，他终于娶了一位黑龙江姑娘。

他说，他在辽宁十几年，可以算半个东北人，老婆是黑龙江的，他又可以算半个东北人。这样加起来，他就是一个全乎的东北人了。

这话令我非常愤怒，世界上还有这样"忘恩负义"的人吗？桐城是一个县级市，比不得东北三省，怎么着，天平就歪了？"天上九头鸟，地上湖北佬，九个湖北佬，抵不过一个桐城佬。"这是安徽妇孺皆知的顺口溜，当然也是表述桐城人的聪明智慧。

　　作家对故乡总是有一种浓厚的情结，这并非是磨磨嘴皮子就能抹杀的。俞胜的作品，一半背景是东北，另一半背景是南方。他逃脱不了故乡，有两个故乡倒是开阔了他的视野，是好事。

　　长篇小说《蓝鸟》是以北方的乡村和哈尔滨市为背景的。俞胜说，在风俗习惯方面，南北方的差异比较大，以一个曾经在这片土地上生活过的南方人的眼光来重新打量这片土地，可能会有不少审美上的独到之处。

　　小说结构并不复杂，是传统的现实主义写作路径。写东北乡村青年毕壮志由乡村到哈尔滨的生活经历，时间跨度也只有十年左右，从上世纪九十年代初写到新世纪，这十年的时光，构成了乡村青年毕壮志的个人成长奋斗史，也记录了一个城市乃至一个时代的变迁史。

　　有读者好奇地问他，毕壮志有原型吗？您为什么想写这么一部长篇？他回答说，小说是记忆的嫁接与再生长。

　　这就很好地回答了毕壮志是否有原型的问题。他用十年时间倾心塑造了毕壮志这个人物，在他身上倾注了十年的心血与情感，因为他的经历与毕壮志有着相似之处，都是由乡村通过个人奋斗走进了都市，只不过一个生活在北方的乡村，一个生活在南方的乡村，所以毕壮志的身上一定有他的影子。俞胜说："少年时代的我，憧憬着将来要在文学方面有些造诣，也曾遭到一些人的善意嘲讽。但我就像毕壮志一样，不在乎别人怎么看自己，只专注于自己内心的理想，并且不耽于幻想，而是踏踏实实地奋斗，过去了这么多年，再回头看，虽然文学方面造诣不高，但我多少实现了年少时的梦想。'春种一粒粟，秋收万颗子。'我想，一个人，尤其是青年人，只要努力，只要专注，未来的人生一定不会太差。春种一粒粟，即使秋天收不了万颗子，一把草总会收得到的。毕壮志这个人物朴实向上，我期待他能在中国当代文学人物画廊中占有一席之地。"

桐城派重要作家姚鼐在《登泰山记》中，如此描绘泰山日出："极天云一线异色，须臾成五采。日上，正赤如丹，下有红光动摇承之。"

五彩的云，丹红的霞，烘托了日出的壮美时刻。日出，让人充满了希望。哪天俞胜请我小聚时，我借花献佛，把这几句文字送给他吧。

原载《百柳》2021年第 3 期

我梦见的那个人

有几次，我梦见了他。

一直想写点文字，纪念他，可是，几次动笔，均半途而废。有一段时间，我仍然习惯于寻找所谓的闪光点，寻找所谓有意义的东西，但是，在他身上，我却暂时没有找到这些。我想，他是不是太普通了？可是，不为他写点什么，心里又纠结，总觉得有一件重要的事情没有做。写与不写，怎么写，就这样在内心深处僵持、冲撞。一晃几年过去了，忙忙碌碌中，我仍然无法忘记他。我发现是由于我自己的平庸与狭隘才无法动笔，才写不出他的精气神来。

从哪说起呢？

几年前的一天，无意中听到他已经过世的消息，非常震惊。怎么就走了呢？他喜欢喝酒，我一直说带两瓶酒去看他的，没想到这个小小的愿望竟也落了空。一想到他的音容笑貌，我就想起自己童年的那些快乐，仿佛就在眼前。

他叫杨维君，比我父亲大几岁。1965 年，他和我父亲一起从亳县（现为亳州市）农机厂调往 990 厂。在来自五湖四海的几千名工人中，只有他俩来自同一个单位。本是好朋友的他们，来到大别山深处的这家军工厂，自然是亲情加友情，好上加好了。

我喊他"杨叔"，后来听到许多单身职工都叫他"老杨头"，我再和别人说起他时，也称呼他"老杨头"了。这或许反映出那么多年轻人爱戴他的原因。老杨头长着一张圆脸，说话有点结巴，总是未语先笑。他的脾气非常好，憨厚、善良，乐于助人。所以，厂里认识他的大人孩子都喜欢他。他的妻子孩子都在老家，不愿意离开故土，他就一直住着单身宿舍，和单身汉们住在一起，一直到工厂在上世纪九十年代初搬迁进城，他才分到一小套房子。

山里的生活乏味单调，每到周末晚上，工会大多会放映露天电影，男女老少以及附近的村民都去看。我和老杨头常常在电影场遇到。因为第二天是星期天，他就让我去他家住，第二天，他再送我回家，在我家吃一顿饭，和我父亲聊聊天。我最乐意的就是去他家。

老杨头的宿舍在半山腰，是那种黄泥堆积的干打垒房。他的房间还住着另外一个年轻人，姓吴。我发现他似乎不怎么和吴说话，吴也不怎么和他说话，他们即使说了也是客客气气的，感觉相隔一段距离，不像和隔壁的年轻人，说说笑笑，亲密无间。我曾经问起这个话题，老杨头悄悄告诉我，吴的家人都在香港，厂里特意将他安排和自己住一起，因为老杨头是一名老党员，他可以"照看"他一下。有一次，看过电影，我又随老杨头去了他家。正碰到吴在组装一辆新自行车，那是他的家人从香港寄给他的。吴很高兴，和我说了许多话。他的自行车零件把不大的房间占了一多半，弄得我们走路都得侧着身子。

住在老杨头家，可以接触到许多青工，他们的床头，总有几本书是我没有看过的，可以借来看。他们说的话，都是新鲜的内容。就连吵架骂人，都是别具一格，语言丰富。这对于我这个小学生，非常具有吸引力。

星期天早晨，老杨头会早早起床，在门前的空地上把炉子生着，熬稀饭，烙饼。他在宿舍周围的荒地上开辟了菜地，种了许多菜，还养了几只鸡。也奇怪，他养的老母鸡下的蛋多是双黄蛋。在此之前，我根本没有见过双黄蛋。老杨头烙饼的时候，总会打进几个鸡蛋和在面里，碰到双黄蛋，他就会很高兴，大喊着让我去看，也喊邻居去看。他一边烙饼，一边洋洋得意地吹嘘：瞧这双黄蛋，美国总统也吃不到。他自得其乐，惹得众人也跟着乐，像说相声似的言来语往，将吃鸡蛋饼的快乐推到了极致。他烙好饼，总会给吴一个，吴推脱，他就会说，吃吧吃吧，人是铁饭是钢，一顿不吃饿得慌。他说话一急更结巴，有年轻人就会故意在他面前学他，他也不生气，仍旧是笑眯眯的。有时候，他也会善意地拍年轻人一个巴掌，以示惩罚。但是，惩罚之后，众人却更乐了。老杨头笑的时候，皱纹更明显。他是圆脸，皱纹也跟着肌肉一起弯起来。他很快乐，看不出他的忧愁，总是那么乐呵呵的。我从来没有看到过他有愁云惨淡的时候。快乐会感染，我们也就跟着他一起快乐了。现在想起来，那是人生的豁达，生活的态度。

老杨头没有读过什么书，是靠当学徒走出来的。他有时候去我家，就是让我父亲帮他代写家书。他笑称我父亲是"知识分子"。虽然那时候知识分子还是"臭老九"，在社会上并不吃香，但是"知识分子"这四个字从他嘴里说出来，却分明是羡慕、赞赏的意思。

老杨头是个锻工。原先我不懂，不知道锻工是干什么的，后来，去他的车间看了，才知道，锻工其实就是"打铁的"，和街上那些丁丁当当打铁的一样，只不过，老杨头打铁不用自己挥锤砸，锤是电动的，一按电钮，电锤就"啪啪"地往下落，劲头可大可小，铁锤可快可慢。老杨头用大铁钳固定着烧红的铁，在巨大的铁墩上翻转。看着那些烧红的铁在铁锤下翻转像揉面一样容易，我跃跃欲试。但是，他始终不让我动手。对"安全第一"的要求，他丝毫不马虎。

因为老杨头是锻工，我家里用的勺子、锅铲、菜刀，种菜用的锄头、锹、镐，劈柴用的斧，砍柴割草用的刀、镰，等等，凡是能锻打的，都是他的杰作。他用那些边角废料，帮了我家大忙。不仅如此，许多家境不富裕的人家都有老杨头的这些"手艺"。

大多数的星期天，老杨头不是帮这家买煤球，就是帮那家盖厨房，谁家有重活、难活，谁家有困难，就会请他去。在我的印象中，他是有叫必到，总是笑呵呵的，一副任劳任怨的样子。有一次，我家要盖厨房，父亲请老杨头帮忙上山割八茅草，我也跟他们一起去了。山上有一种带有锯齿的长叶子草，据说鲁班发明锯子就是因为被这草割破了手。我们拉着板车，走了十几里山路，才到达一个叫小干涧的地方。那个山坡上，长满了八茅草。我们中午吃了自带的干粮，夕阳落下时，就往回赶。走着走着，天就黑了，又累又饿，板车越来越沉重。到家时，已经是半夜时分了。老杨头吃了点饭回家了，第二天还得上班。盖厨房时，老杨头自然又来帮忙。是那种简易厨房，用毛竹做柱、梁、椽，墙壁用破开的毛竹编织，里外糊上黄泥，屋顶先铺上油毛毡，再盖上八茅草，用铁丝捆实在就成了。当时的条件有限，厂里几乎家家户户都是这样的厨房。几年之后，有外国人要去参观附近的水库，我家的厨房恰巧盖在了路边，有人认为这样的厨房有辱国家的脸面，就动员我父亲拆除。我父亲坚决不同意，据理力争。那天晚上，厂里有关领导就坐在我家做工作，一直不走，直至深夜。他们争执的声音把我从睡梦中吵醒了。

我父亲舍不得拆房子，又不得不拆，便想了一招，把厨房墙上的泥敲掉，把四角墙边的几个柱子挖露出底，然后，在正屋旁边靠墙头的一处空地上，按厨房的原大尺寸，挖了埋房柱的深坑。父亲做完这些，便买了几包烟，找了附近正在干活的十几个山民来帮忙。那天我恰巧放学回家，见识了那个宏大的场面。众人一齐用力，硬是抬起了厨房，然后，步步移动，将厨房移位到了墙头的新位置。这样，外国人坐在小汽车上一闪而过，就看不到这间给国家丢脸的草棚了。

这间房子来之不易，命运多舛，所以，我一直记得它的模样。想想真是艰苦，军工厂的人就是住这样的房子，撑起了国家的脊梁。历史大概不会忘记。

那几年，我喜欢上了舞刀弄棒，想当英雄，非常渴望老杨头能给我打一把宝剑，做梦都想拥有一把剑。我把想法和他说了，他答应了。但是，我却迟迟见不到剑。见到他，我就追问，催促，他总是笑着找这借口那借口搪塞过去。终于，被我问急了，他郑重地拒绝了我。他说，你这半大小子，有了剑惹出事咋办？原来，他是担心我有了剑会惹祸。宝剑的梦彻底成了黄花菜了，我不甘心，便自己动手，将八号粗铁丝截成手掌那么长，然后将一头磨尖，另一头打个小孔，拴上一条红绸子，做成了飞镖。没有剑，我练飞镖，天天对着门前的那棵大梧桐树，将飞镖甩出去。一段时间后，由近及远，十几步之外我也能将飞镖扎进树里。梧桐树被我"练"得千孔百疮，我却乐此不疲，非常专注。有一次，老杨头来我家，我特意表演给他看，以示对他不给我铸剑的抗议。由飞镖我又爱上了弹弓，漫山遍野去找合适的树杈子，做了好几把弹弓，天天大清早打麻雀。那些站在树梢歌唱的麻雀，常常被我击中脑袋，一头栽下来。摸摸脑袋，骨头都是碎的。现在想想，真是罪过，但是那个时候，能给老师剃阴阳头的年代，打死几只小鸟，又何足挂齿呢？后来，一个同学弄来一把汽枪，我如虎添翼，兴致更高，常常拎着一串麻雀回家。

　　工厂搬到省城之前，我已经在省城一家新闻单位工作了。那时，老杨头已经退休。有段时间，我经常星期天回父母家。盛夏的一天，我在公交车上，看到路上有一个很像老杨头的人，穿着白背心，戴着草帽，拉着一板车蜂窝煤，低头吃力地前行。回家一打听，证实我看到的就是老杨头。原来，他的女儿顶替他进厂当了工人，他退休后就找了一个活，帮别人送煤，挣钱贴补家用。我听了，心里隐隐有点痛。那么热的天，已经退休的老人，还那么挥汗如雨，这个人竟然是老杨头，怎么不令人心痛？那天，我买了两瓶酒去看老杨头，可是老杨头不在家，大概还在外面忙。

后来，逢年过节，我去看父母时，就想着去看看老杨头，可是每次他都不在家。春节他肯定是回了老家，除了女儿，他的其他亲人仍然还在老家。我总也看不到他。时间，不知不觉就流走了，直到得知老杨头因病去世的消息。真的很遗憾，在老杨头生命的后几年，我一直没能见到他，这是我难以原谅自己的遗憾。

老杨头就是这么一个人，平凡，普通，太平凡，太普通，但是，就是这么一个平凡普通的人，我却无法忘记他，有几次，我还梦见了他。行文至此，我突然这样想：一个人，如果能让另外一个人感到温暖，这个人就是好人。一辈子能做一个好人，就可以了，

像老杨头——我梦见的那个人。

原载《散文》2015 年第 4 期

第三辑

行走

白马尖的光芒

一

白马尖，曾经让懵懂少年的我神往了许多年，那种神往海阔天空，甚至幻想有一匹高大雄健的白马，奔驰于崇山峻岭或飞扬于白云蓝天。

这座神秘的山峰，距离我生活的地方不过六七十公里，同在一个县，时不时听人说起。只是当时山高林密，道路崎岖，交通非常不便，根本没有可能去一睹它的芳颜，觉得它遥远如在天边。

对地理的最初启蒙，源于天气预报。那时候，广播是我了解外界的最主要的通道，近乎唯一。听播音员说"长江以南""淮河以北""江淮之间""大别山区"，思绪便跟着美妙的声音一起飞翔。

终于有一天，我弄明白了"大别山区"不是一座山，而是一片山。这一片山究竟有多大，最高峰在哪里，都成了我心中的谜。几年之后才知道了白马尖。至于横跨鄂豫皖的大别山"东西绵延380公里、南北宽170多公里"，好像是多年之后有了互联网才得以知晓。

西望武汉，东守南京，大别山像一个楔子钉在两城之间。冷兵器时代，站在六朝古都南京或武汉三镇的城头，抬眼就可以望见这一片黑黝黝的大山。我想象着，这片神秘莫测的群山，会让一些人心中不安，因为弄不清楚山里会隐藏着什么。陈兵百万的威胁？运筹帷幄的阴谋？当然，这里也是躲避纷乱的方便之地，一旦有啥风吹草动，抬腿便能隐入这片大山，就像一把黄豆撒进了森林，瞬间变得无影无踪。

白马尖，是大别山的第一主峰，位于安徽省霍山县境内。

二

辛丑年正月十三，我去登白马尖。

这次，我发了大愿，一心临顶，否则，今生恐怕再也难有机会。岁月给膝盖带来的伤痛，难以恢复如初。我的经验是，登山要趁早，想做什么事也要趁早。人们常说岁月不饶人，其实是岁月不等人。从天而降的世界性的新冠肺炎疫情，教我明白了这个道理。

几年前，我曾冒雨攀登白马尖，因山高路滑，体力不支，半道上铩羽而归。登大别山的艰难，只有在大别山生活过的人才能真切体味到它的"百转千回"或"曲径通幽"。这或许就是大别山与其他山的"大别"之处。

早春二月，映山红刚刚长出米粒般大小的花蕾，山色也才刚刚有了绿意，幸好有急性子的野樱桃花，填补了山野的空旷和寂寞。粉红如霞的野樱桃花，一簇簇一团团，恣肆随性，像暗夜中绽放的烟花，将我春风澎湃的心潮一波一浪地掀向无垠的星空。

过不了多长时日，映山红就会开遍山岭，接力野樱桃花的美好。那时，大别山会成为映山红的海洋。

白马尖下的这片土地，有着远古的足音与温度。

据我的老师姚治中教授研究，地理学上有"霍山弧"的概念，将以"霍山弧"为基点的地区泛称为西山。这是历史长河中约定俗成的习称，没有严格的界线，但是它的历史定位与文化传统却非常鲜明。

西山，就是以1777米的白马尖周边及霍山县漫水河地区为核心，向四周辐射湖北英山、罗田，安徽霍山、岳西、金寨、潜山、舒城、霍邱、叶集、金安、裕安，河南商城、新县等地区，它还以扇形向东、北辐射，延及淮北、皖东。当然，白马尖下的霍山是西山文化的中心地带。

据传，黄帝战胜蚩尤后，封祝融为南岳长，管理三苗和南方事务。尧、舜、禹时代，三苗仍然不稳定，因而屡遭挞伐，一路被驱往南方。舜时，三苗的一支被迁往三危（今甘肃），余下的避往大别山和洞庭湖。禹时，大别山的三苗仍然不断进攻华夏，于是，禹便指派皋陶前往。皋陶立刑、立德以治之。皋陶去世后，禹封皋陶的后裔于英、六，即今天的湖北英山县及六安霍山县一带。皋陶部落入驻大别山，与三苗部落融合，将先进的道德、刑法等治理文化带入西山，首创刑罚，奠定了最古老的西山文化的基石。

到了春秋战国，吴头楚尾的西山，成为吴越文化与楚文化激荡、交融的中心。吴楚文化都在西山扎下了根。汉初，西山地区作为淮南国、衡山国的封地，虽然处于动荡之中，但文化的发展却十分迅速，出现了著名教育家文翁、皇皇巨著《淮南子》。魏晋南北朝，中原战乱，大批中原士族南迁避祸西山，给西山带来了中原的先进文化。晋，杜夷在灊县（今霍山县东北）办学，教授弟子生徒千人，为西山培养了一批优秀人才；稍后，西山何氏一门出了10位宰相、3位皇后、5位驸马。南朝宋文帝任命何尚之为玄学馆主持，讲授《道德经》《庄子》《易经》。东汉末年，方士左慈隐居霍山修道。唐代，诗仙李白、宰相诗人李绅都曾赋诗纪游霍山，晚唐诗人皮日休写下著名的《霍山赋》。黄巢兵败后，皮日休隐居西山传道授业。

宋代，毕昇在西山诞生并从此走出，发明了活字印刷；为避乱，北宋著名散文家"三苏"之一苏辙的第九代传人苏昶，著名文学家黄庭坚、古文字学家夏竦的后代等中原士族也纷纷迁居霍山；北宋思想家、理学奠基者程颐的长子、六安知军程端中领兵抗金，不幸玉碎殉国，葬于西山，其后人迁居西山。

明朝开国皇帝朱元璋将大别山区定为他的皇帝"龙脉"之根，在大别山区设"六安卫"，严禁开矿、砍伐，并敕封霍山为"中镇霍山元神"。明清时代，霍山重教重本，先后出现了潜台书院、会胜书院、南岳书院等多家书院，名门望族纷纷捐资助学，普通人家也能耕读传家。在这片安静的大山里，先后走出了吴兰、金光悌、张孙振、程在嵘、吴廷栋、何国禔等一大批有影响的饱学之士。

民国时期，西山翘楚积极参加革命和新文化运动，丁炽衡、孙雨航、沈子修等追随孙中山参加辛亥革命和北伐；舒传贤、黄楚三、刘淠西、黎本益等宣传共产主义，领导了轰轰烈烈的六霍起义，为创建鄂豫皖革命根据地作出了重要贡献。西山是红军的摇篮、红色区域中心。

现当代，西山文化圈还走出了一个具有文学史意义的作家群，从叶集走出来的未名社主要成员韦素园、韦丛芜、李霁野、台静农；金寨县的蒋光慈，潜山县的张恨水，霍邱县的茅盾文学奖获得者徐贵祥，湖北省英山（1949 年 3 月英山解放前隶属安徽）的茅盾文学奖获得者刘醒龙、熊召政；太湖县的石楠……

三

白马尖的山道，不似黄山那样陡，也不似天柱山、张家界那样险如刀削斧劈，它坡缓，缓中带陡，柔中有刚。这或许就是大别山的性格，厚德载物，坚忍不拔。

没想到，这条攀登白马尖的山道还有着一段红色故事。当年，红 28 军近两千人被国民党兵围困在白马尖脚下的狭长山谷。他们绝境求生的唯一出路，是向南翻越白马尖。红军将士在冰雪里连夜疾行 30 里，翻越了白雪皑皑的白马尖，然后日夜兼程，急行军 150 多里到达潜山，跳出了敌军的围追堵截，开辟了新的游击根据地。后人将红军翻越白马尖的这条险道称之为"红军路"。

今天，在中国共产党成立一百周年的日子里，重走这条路便有了不同寻常的意义。

中午时分，我们终于看见了白马尖上以石堆砌的高大的"1777"字样，这是白马尖的海拔高度。

说来真是神奇，这座山脉是长江、淮河的分水岭，山南麓的水流入长江，山北麓的水归于淮河。相传李白登上白马尖，发现南北两侧的景色截然不同，忍不住赞叹："山之南山花烂漫，山之北白雪皑皑，此山大别于他山也。"

立于白马尖上，一览众山小。大别山的次峰多云尖就在眼前。大别山前十名山峰均以尖命名，这应该是缘于佛教里对天的向往和崇拜。

东汉时期，洛阳建成了佛教传入中国后第一座官办寺院白马寺。寺院通常建在风景优美的山上，以示远离尘世喧嚣。山无寺无名，寺无山不灵。印度高僧设想在中华大地的南方找一座山，以让白马寺依山而建，东南方的大别山正合此意，于是命名大别山主峰为白马尖。从此，北有白马寺，南有白马尖。寺与山虽相距六百多公里，然而佛法无边，等于是依山而建。

相传唐代有高僧在多云尖上建了多云寺，因山高路险，僧人难以生活，香客难以抵达，多云寺慢慢地衰落了。有人说在白马尖上可以看见多云寺的遗迹，然而那天或因天气，或因山石巨木的遮挡，我默立良久，只看见了森森林海。

有人喜欢将涉足之地说成是征服，好像"征服"就是胜利。我不喜欢"征服"两字，觉得少慈悲多杀气，恰恰显露出言者内心的渺小、无知和狂妄。我登白马尖，为的是欣赏与感恩，看一看这一片哺育过我的山山水水。

慢慢走下山，感受夕阳的光辉，抚摸大山的沉静与心跳，倾听远古的落叶和回音，遐想每一块石头皱褶里埋藏着的文化，心中似奔涌着一条热流滚滚的江河。

如此大美，怎能辜负？

曾获《人民文学》2021年"观音山杯"征文优秀奖

山水之城

二十世纪九十年代，是期刊的黄金时代。

那时，我在合肥一家期刊做编辑，常去各地组稿。有朋友会问：杂志社在哪里？答曰：合肥。又问：合肥在哪里？我只好笑着说个谜语请他们猜：两个胖子结婚，打一个地名。

那个时候，合肥在周围大城的丛林包围之下，就像一个非常寒酸的小家碧玉，梳着两根短辫子、穿一双平底鞋，相貌平平，见人脸就红。也不怪许多外地人不知道。

我的活动范围基本上就在三孝口、四牌楼、九狮桥一带，不出长江路、淮河路的辐射范围。像点样子的商场、饭店、书店、电影院多集中在这里，省委省政府、市委市政府当时也在这里。

我骑着自行车，去寿春路上的鲁彦周、那沙家，去文联大院的白榕家，去曙光路的诗人方君默家，取来约写的稿子，不过抽根烟的工夫。

站在三孝口，能望见四牌楼的牌子。站在四牌楼，能看见九狮桥上的狮子。

常有外地朋友来合肥，问有啥好玩的地方，答曰：大蜀山、包公祠、逍遥津、明教寺。说完，便不好意思地笑着补充一句：用不了一天。

说实话，我特别羡慕那些有山有水的城市，甭管城大城小，都像是聚了山水灵气。

一座城，透气才好。就像一幅国画，留白合适，让人视觉舒服，心里也熨帖。那个透气的点，就是山水。山者，离天近，与天息息相通。水者，辉映天空，水天相接，让心跟着滋润、辽阔。山水俱全，是苍天的厚爱，是福祉。一座城具其一也就该知足了。可那时候的合肥，好像只有一座大蜀山，离长江、淮河又远，说起巢湖，仿佛"遥不可及"。

1991年，在调到合肥之前，合肥在我心中是繁华的省城，是大都市。我觉得只要投进她的怀抱，便有了我的未来。她隐藏了我年轻的野心和希望，承载着我的欢欣和梦想。我喜欢她，热爱她。那个时候，和朋友在一起讨论最多的，就是对这座安身之城的热切展望，希望她是有活力的、阳光的，是唇红齿白的，是青春飞扬的。

后来，因为孩子要去北京读书，我离开了合肥，眨眼便是十几年。

合肥悄然进行了一场美的蜕变，化茧成蝶，光彩照人。当年的缺憾，烟飞云散了。

不说那些天下之城所共有的，道路高楼、园林绿化、地铁高铁机场……这些，合肥与大家闺秀的芳邻们相比，已经毫不逊色。合肥让我惊奇的，是春笋般拔节的速度，一天比一天亮丽，也一天比一天温暖。

清风拂面，花草飘香，静谧中透出淡淡的书卷气息。这独特的气质，修饰了清澈至心的纯净。向东、向南，合肥依次打开了天鹅湖、巢湖的天窗。

这座城，终于有了水的温润和柔软。

我住在天鹅湖附近，每天去湖边和绿轴公园走一圈。那么大的天鹅湖，浪波浩荡，欢然铮铮，似乎洗涤了天地间的尘土。一种对大自然的喜悦激荡于胸。我的目光飞过辽阔的水面，穿过婆娑的林木，那钢筋水泥铸就的森林一般的楼，便有了波光粼粼的诗意。

天鹅湖连接着绿轴公园，每天酣畅淋漓地行走，都有一种奇妙的享受，绿水、沙滩、乱石、草坪、森林、芦苇、鸟鸣，还有暖暖的微风。风给都市带来了冰雪聪明的灵魂，也带来了大自然的野趣。

一路向东，早已属于合肥五大淡水湖之一的巢湖，"八百里湖天"的浩瀚，算不算得上是大水磅礴呢？

想来也是奇怪，过去，像是被一片小小的菜地遮住了，总是觉得巢湖离自己那么遥远。忽然有一天，合肥人往前跨了几步，就看见了一处别有洞天的风景，看见了湖边那一片摇曳的芦苇。当你站在湖边，放眼一望，立马就会被巢湖震撼。水漫天边，凛风劲啸，惊涛拍岸，天地苍茫。八百里的水，是一个怎样的壮阔景致。

张开双臂拥抱巢湖，合肥变得宽广起来。大湖名城，合肥人的襟怀和梦想，又怎是一个"大"字所能够表达的呢？！

出租车是城市的窗口。多年前，我离合肥站近，有一次打车回家，听司机一路都在抱怨，说等客半天，只拉到一个起步价，挣不到钱，听得人心烦意乱。现在，我离合肥南站很近，每次打车，再也没有听到过一句类似令人不快的话。司机的态度皆平和带笑，有了水一般的柔性，更有了达观大度。

这让我舒适、放松、安心。

水多的地方，人的性子也润得柔了。

整个城都是柔的，柔得唇红齿白，青春飞扬。

原载《合肥日报》副刊 2021 年 12 月 9 日

十八翻的心愿

　　眨眼工夫，外孙女四岁了。她聪明伶俐，非常可爱。想来惭愧，我这当姥爷的竟没给她买过什么玩具，也没买过什么零食。

　　我其实很想买些自以为她喜欢吃的零食，买过几次，都被女儿狠狠地制止了。女儿说，正常饭菜已经足够。外孙女很听话，每天的零食就是两粒小熊糖。她倒是很自律，不多要。曾经多要过，哭闹着磨了半天，最终也没有要到，也就不多要了。上午或下午，她总是一脸天真地问：妈妈，我可以吃小熊糖维生素了吗？她妈妈笑眯眯地爽脆答应：可以。取一粒给她，立马兴高采烈，心满意足。

　　零食不多，玩具倒是不少，金属的、塑料的、布艺的，看读图画、有声读物，皆是机器制作或印刷出来的。玩具够多了，也不缺我买的那一个。有时间多陪陪她，才是最重要的。可是，面对那些玩具，我总觉得缺少了什么。

　　缺少什么呢？

　　因为工作关系，女儿一家在南方一个小镇住了一年多。我去待了几天，见院子很宽敞，就给外孙女买了一只小皮球，让她踢球玩。清晨或傍晚，微风习习，看着大人、孩子一脸汗水奔跑在草地上，闪躲腾挪，欢声笑语，忍不住感叹，还是接地气好。想起古人教导的，"田舍小儿"的身体更结实，因为经常"见风日得土气"。我们其实是应该鼓励孩子去玩泥巴的，玩泥巴对孩子的脾胃都有好处。

那天，我参加江苏淮安淮阴区组织的"七发·淮廉"文学采风，在非遗博物馆见到一个小玩具"十八翻"，非常有趣，顿感亲切。亲切，是因为我小时候见过，却没能拥有过。工作人员一边解说，一边捏着指间的"魔术花"十八翻，翻、转、挥、甩，十八种形态各异的纸翻花一一呈现了，令我眼花缭乱。我想，我终于找到给外孙女的生日礼物了，就是眼前这个手工制作的、智慧的，有着乡土文化原汁原味气息的十八翻。

我兴奋起来。

身体要接地气，文化也是要接地气的，这才是身心的完整健康。我终于明白，那些机器制作的玩具，缺少的恰是我们传统文化所独具的"地气"。

遗憾的是，这些展品不外卖。我只好委托当地的朋友代买邮寄。

回到家，上网检索一番，发现十八翻是淮安市第六批市级非遗项目。据说，十八翻在淮阴的魏家已传至第八代。魏家祖籍湖北宜昌，清光绪年间，魏家祖上在河南开封一带跟民间艺人学得一手剪纸技术，做一些纸花、纸灯笼、纸老虎等工艺品，拿到街市上换钱谋生，渐渐地，摸索出了制作十八翻的技艺。再后来，魏家人辗转迁徙，最终在淮阴落了户。

在我的印象中，十八翻是一个古老的文化记忆。传承人魏洪涛介绍，十八翻难做，费工夫，要用多层白纸错位胶粘，经过裁切、染色等43道工序才能完成，有艺术品特性，有启蒙益智作用，也倍受成年人喜爱。

说起来容易，听起来也不难，可是，若不亲手学习、实践，肯定做不出像样的十八翻。这就像许多古书留下的一些文字记载，看上去说得很清楚，却不过是一个抽象概念，若是实际操作，远非那么一回事。传统意义上的许多技艺，需要言传身教才能得以流传和延续。文字怎么可能传达出奇妙的心得与思想的全部呢。

《本草纲目》记载"甘薯"："民家以二月种，十月收之。其根似芋，亦有巨魁。大者如鹅卵，小者如鸡、鸭卵。剥去紫皮，肌肉正白如脂肪。南人用当米谷、果食，蒸炙皆香美。初时甚甜，经久得风稍淡也……"这个"甘薯"，是不是我们今天吃的红薯？我请教一位农业大学教授，他说这属于中药材范畴，自己不熟悉。我又请教一位早年毕业于省中医学院的老中医，他也说不准。红薯传入中国的时间有几种说法，分别在李时珍去世的前后。因此，李时珍记载的甘薯是不是红薯，至今我也没有一个准确答案。

传统文化的精华、瑰宝，是智慧的结晶，若是中断或丢失就太可惜了，尤其是中华民族与大自然和谐相处的心得与经验。这是时间的长河对人类的慈悲馈赠。唯有扎根传统文化土壤，才能放眼世界，才能有更广阔的襟怀。这当然要从娃娃抓起。南怀瑾先生致力于传统文化的传播，他的心愿是："我希望后一代出很好的思想家、很好的科学家、很好的政治家。"

这也是我的心愿。它需要从点滴做起，让优秀传统文化像春雨一般滋润大地。那么，就从身边这小小的十八翻开始吧。

这个小小的生日礼物，别致新颖，外孙女非常喜欢。她好奇地、小心翼翼地展示十八翻。她不明白，这几张花花绿绿的纸，为何会变化出一幅幅不同的图案，真的像是魔术花，灯笼、鲤鱼、花朵……

"好玩吗？"

"太好玩了。"

"喜欢吗？"

"太喜欢了。"

家里来了小朋友，她会拿出来展示给他们看，分享喜悦，小朋友皆是一脸惊奇、羡慕。

原载《中国纪检监察报》副刊 2021 年 12 月 31 日

涠洲岛的晨光

说起涠洲岛，我竟莫名想起了南赡部洲。

人类居住的南赡部洲，四围皆水，像一座无量大岛。这是佛法中描绘的神奇世界。将涠洲岛想象成南赡部洲，我也真是胆大。

或许就是仰仗了佛的慈悲吧。佛说：一沙之界，一界之内，一尘一劫。何况一颗本自具足的向善的心呢？在我心中，涠洲岛苍茫高远，是一个梦幻般的存在。

所以，踏上涠洲岛，我的兴奋便像大海的浪花飞溅。

涠洲岛的蓝天白云，只一眼便把我震撼了。蓝是真蓝，白是真白。蓝似水洗，纯净得连一丝皱褶也找不见。云白如棉，白得炫目惊心。千姿百状的白云，豪情盈天，像一朵朵盛开的巨大的白莲，在无垠的蓝天上，一直铺向海洋的天边。

那一刻，我油然而生对天马行空的无限向往，对思想无疆的无边敬仰。

直到最后一抹亮色沉入海水，许久许久，我也不忍离去。

心如海风，情似海浪，激动之情难以抚平，于是相约凌晨去看日出，看涠洲岛的日出。

这些年，我去过许多地方，看过许多次日出。那种难以抑制的热血心情，早已变得麻木了。觉得大同小异、千篇一律。况且，这边的人在看日出，那边的人在观日落，恰如佛家说的生命轮回。后来，我只将这大自然的景观深埋于心，融于生命，积一分敬畏，多一分慈悲，愈加惜爱人类的地球。

但是，涠洲岛的日出，我是要亲眼见证的。

凌晨四点多，眼前一片黑黑澄澄、清清静静，像一支残墨的笔伸进满盆的清水，能看见氤漫的丝黑，能看见水的朗明。海风似乎还没有醒来，潜藏得悄无声息。远处，有微弱的浪涛声隐隐传来。

浮云遮月，蚕食一般往海中游移。不知是谁，将一把北海的合浦珍珠撒上了天幕，满天还是争先恐后地烁亮。

原来，我们离星月是这么近，它们是这么清晰。

忽然发现，头顶上那些大片大片婆娑的黑影，原来都是蘑菇似的云朵。这不就是昨天傍晚挥手告别的那些白云吗？她们没有走，夜里就睡在了天上。

真是令人感动。

这次来北海，我在博物馆第一次见到了砗磲，喜悦至极。砗磲，与金、银、琉璃、玛瑙、珊瑚、琥珀和珍珠并称为"佛家七宝"。读佛经，我一直不清楚"砗磲"是何物，原来是深海贝类中最大的贝壳，体长可达一米，重量有三百公斤，其外壳呈黄褐色，内壳洁白光润，白皙如玉。

经过千百年的孕育生长，砗磲有着非常大的能量磁场，制成念珠佩戴，可避邪保平安。它还有极高的保健和药用价值，凉血、降血压、安神定惊，尤其是对咽喉肿痛、小孩生疱有疗效。砗磲富含的微量元素，还能稳定情绪、去除杂念，使脾气暴躁者消除烦恼、调养身心平衡。

砗磲如玉的体质，是雕刻的好材料。一幅以砗磲雕刻成的十八罗汉图，令人惊奇。罗汉们神情各异，栩栩如生。另一副"仙人府邸"，传达出浓厚的水墨画的风格。作品的中间，是两个仙人饮酒自乐。他们身旁的一棵卧松，利用了砗磲的纹理和特色，精美万分。仙人的周围，犹如天成的曲径楼阁、高耸入云的石塔、流水潺潺的拱桥、绿树成荫的园林，成就了一幅古风盎然的洁白画卷。

眼前这些砗磲，还有"东珠不如西珠，西珠不如南珠"的合浦南珠，不就是来自于涠洲岛附近的大海吗？ 看见它们，心中便涌上了一种清凉而庄严的情愫。

这让我大开眼界，也对涠洲岛有了虔诚的喜爱。

赶到贝壳沙滩时，海边已静候了簇簇期待的人群。

天光渐渐明媚了。

这么多人，为何都喜欢看涠洲岛的日出呢，是想感受一种从无到有、奋勇向上的力量吗？ 向上，恰如生命的拼搏与希望，是信念，也是力量。涠洲岛的日出，似乎还多了一层慈悲的光芒。

是这样的吗？

望不到边的海水，在晨曦中泛起了乌亮的光。海浪"哗哗"地呼喊，不慌不忙，一层一层地，一次一次地，扑上岸来，一直扑到我的脚边，像一只不厌其烦的调皮的小花猫。

海深处，空濛一片，能望见什么呢？ 像是什么都望见了，也像是什么也没有望见。有一种神奇莫测的魔力，直摄于心。大海，让我们的目光变得辽远，让我们的热血为之澎湃，让我们的力量核变般积聚，让我们的思想飞翔浩瀚。我知道，在海之外，星之外，人类的心，从来没有放弃对生命的探索，一直在寻求安放与新生。

天边，有了一丝红晕。一点一点地重了，一点一点地亮了，红晕变成了一条扯开去的绸幔，紧贴着海天。这条绸幔，从中间的一个点开始，渐渐漫延，越来越红，像烘托了一个鲜明而生动的主题。

峰一般雄壮的大块大块的白云，向着天边生动的红晕，坚定地奔涌过去。也就是一瞬间，海天交接处像接通了电源的一根炉丝，火红起来。

娇嫩的太阳似乎抖擞了一下精神，一跃而出，眼前便有了一抹金黄金黄的亮。

人群欢呼了。

欢呼像是给了太阳莫大的鼓舞，它努力地，活泼地，自由自在地，越升越高了。

有人手忙脚乱地拍照，有人静静地摄像，有人顺着海边奔跑，有人干脆脱鞋下了海水。

我的心中，像涌进了海潮，热热的，向着太阳的方向升腾过去。我想起岛上一块小木牌上写着的一个浪漫的宣言：一个青年，不停留，不妥协，不将就。

我笑了。为何会想起这句话？

那个清晨，我被涠洲岛感动了。涠洲岛上的光，温柔又真实地照进了我的生命。

原载《中国社会报》副刊 2021 年 12 月 5 日

独具特色的霍山城

那天，站在霍山的大街上，我竟一时茫然。眼前的霍山城，真的是我过去常来的那座"扁担城"吗？

上世纪 80 年代，我在霍山县诸佛庵镇上的一家军工厂工作，经常在周末骑自行车走一个多小时山路，大汗淋漓地赶到县城参加文学活动。隶属安徽省六安市的霍山县，那时候县城十分简陋，名头响亮的东大街与西大街，从这头跑到那头，不过一公里左右，像一根扁担，"扁担城"的称号由此而来。

几十年过去了。如今的霍山城发展迅猛，县城面貌早已发生巨大变化。城市该有的气象这里全有了，马路、高楼、商场、图书馆、体育馆、饭店、银行……昔日的"扁担城"早已成了历史的记忆。

在我心里，霍山城是很特别的一座城。说起它的特别之处，首先就是这大别山里纯净的空气和水。更重要的，是那震撼人心的红色历史和红色文化，让人念念不忘。

霍山的森林覆盖率超过 70%，境内有多座海拔千米以上的高山。佛子岭、磨子潭、白莲崖 3 座大型水库，润泽着霍山大地，东淠河辽阔地扑向霍山城，却在城的半腰处折东向北而去。400 多米高的南岳山是霍山居民锻炼的好去处，山下一棵树龄 400 年的红枫躯干擎天，不远处有清代文峰塔，塔下则是烟波浩渺的淠阳湖……这些，构成了霍山独具特色的山水园林景观，也让霍山这片土地熠熠生辉于大别山的绿色海洋之中。

而大别山著名的三大起义——黄麻起义、商南起义、六霍起义，其中六霍起义就爆发在六安县、霍山县大地上。六霍起义的序幕，就发生在我生活过的诸佛庵镇。

1929 年 5 月初，刘淠西领导的诸佛庵民团起义，在皖西大地上向国民党反动派打响了第一枪。同年 11 月，六霍起义全面爆发，西镇、桃源河等地举行了一系列农民暴动，组建了工农红军第 11 军第 33 师。翌年 4 月 12 日，红 33 师攻克霍山县城，成立了安徽省第一个县级苏维埃政府——霍山县苏维埃政府。

我小时候去诸佛庵镇上玩，最喜欢数老街上的"革命烈士""军人之家"牌匾，几乎家家户户的门楣上都有。参加工作后不久，我还去过诸佛庵镇上刘淠西烈士的故居。去年回霍山，我又去参观了镇上的查茂德烈士故居。查茂德 12 岁就参加了红军。1947 年，担任副旅长的他在指挥攻打安阳城的战斗中壮烈牺牲，时年 28 岁。我在查茂德侄子的指引下，冒雨来到烈士故居。没想到，查家故居离我工作过的地方只有几里路。参观结束后，怀着崇敬的心情，我专门写了一篇散文怀念烈士。

霍山的确是一座英雄的城市。上世纪三四十年代，全县人口有 20 多万，为革命捐躯的有 5 万人，其中在册烈士就有

2977 人。如今，霍山城西南建有"安徽红色区域中心纪念园"，已是国家级爱国主义教育示范基地。

新中国成立后，为根治淮河，霍山境内先后修建了三座大型水库。为此，县域 2/3 以上面积成为库区，这使得地处大别山区的霍山经济更加困难。然而，有着大山一般朴实忠厚品质的霍山人民，埋头苦干，坚忍不拔。在大别山区县中，霍山率先摘掉了贫穷的帽子。

现在，从县城至诸佛庵等乡镇，都开通了公交车，来去非常方便。近日，又有好消息传来，霍山人民梦寐以求的高铁站即将开工建设。不久之后，我再回霍山，就可以坐高铁，感受一番青山绿水间的贴地飞行了。

原载《人民日报》大地副刊 2021 年 08 月 11 日

到永和看黄河

去永和，一直存有份私心。以前看过乾坤湾的照片，被那大美震撼，从此无法忘记。"天下黄河九十九道湾，最美不过乾坤湾"。

从地图上看，黄河自兰州北上，奔至内蒙古，转身从准格尔南下，在大地上游走了一个无与伦比的"几"字，然后在陕西潼关附近继续东进，归入大海。

黄河南下有 68 公里流经永和，或许是对永和的厚爱和恩典，由北向南留下了七道大湾：英雄湾、永和关湾、郭家山湾、河浍里湾、白家山湾、仙人湾、于家咀湾，这七道湾像雄伟、壮阔的长龙，统称为乾坤湾。

为什么会叫乾坤湾呢？

我径直去了仙人湾。站上山巅，眼前是一派黄土高坡的世界，被绿植皴染得清清亮亮。黄河就在山下，我站立的山脚下。浩荡、辽阔、温驯、沉静、飘逸，像一条柔软的绸带，从峡谷间无声涌出，然后，飞扬出一个舒缓的大湾。大湾几乎形成了一个巨大的圆，在即将亲密合龙之时，却调皮地转身远去，连手也没有挥一下。碧空尽，天际流，唯见苍茫身影。诗仙说"黄河之水天上来"，可此情此景，分明是

"黄河之水天上回"了！

我能看见眼前的仙人湾，却又清晰地看见了一个完整的乾坤湾。特写与全景，交替出现在脑海。站在这里，谁都会不由自主地把自己融入这天地之情。我兴奋地拍了许多照片，然后迫不及待地发到了朋友圈。做完这一切，我坐在一块石头上，静静地看黄河。我想把自己坐成一块石头。这么安静的黄河，我应该有一颗安静的心，才能懂她。

很快，有人留言问我：黄河怎么没有咆哮呢？

是的，这个朋友和我一样，记忆中的黄河是咆哮的。"风在吼，马在叫，黄河在咆哮"，咆哮的经典场景或许是壶口瀑布，我还没有去过，但是，脑海中却贮藏着无数次的记忆影像，奔腾、怒吼、不屈不挠、永往直前，黄河似乎就是这个样子。我所站的这个山巅上，矗立着一块伤痕累累的巨石，镌刻着诗人光未然的诗句："我站在高山之巅，望黄河滚滚，奔向东南。惊涛澎湃，掀起万丈狂澜；浊流宛转，结成九曲连环；从昆仑山下奔向黄海之边……"

然而，我眼前的黄河是安静的，沉默、静思、不动声色，就像拥抱着她的山川大地、黄土高坡，厚德载物，大爱无言，怜爱苍生。这应该是黄河的另外一种性情。一方水土养育一方人，黄河的性情也代表了她的子民的秉性，咆哮过，但是更多的却是静默和思索。而我们却往往忽视了她的静默和思索。

可是，我还是看到了她当初寻找道路的急迫、艰难、张皇，甚至是慌不择路，以及，舍命的拼杀。她以求生向死的决心和力量，刺破一路上重重大山的围困，搏出了一条曲折而光明的大道，有了希望。这磅礴壮美的七道湾，不就是她在绝望中左冲右突的见证吗？乾坤湾的大美，也正是她艰难而闪光的足迹。她把喜怒哀乐都写在了脸上，真实，真诚。对大地忠诚，对子民忠诚。我相信真诚的力量。真诚包含了什么呢？真，肝胆相照；诚，推心置腹、不遮风云。

忽然觉得黄河变得抽象起来，像一个符号，代表了苦难和沧桑，也代表了力量和信仰，苍老得像失去了时间概念的远古歌谣。有多苍老呢？我无法想象，据说是一百六十多万年。然而，这个符号一直在心里，就像她的姊妹长江，让人心中踏实。此刻，她以水的柔情，再一次征服了我的灵魂。我看着她，她也在看着我，彼此无言，却似心有灵犀。我明白了，为什么每次面对黄河，我都会莫名地激动……

"从哪里能下到黄河去呢？"我很想跳进黄河，感受她胸怀的温暖。让我惊喜的是，于家咀湾就有一条沙石公路，可以直接将汽车开到黄河边上。

我还是第一次这么近距离地站在黄河边上，倾听她的喘息、感受她血脉的律动。她是那么伟岸和雄阔，我又是那么渺小，不值一提。我激动，但不敢下水，只在岸边徘徊。河滩上有一片大大小小的石头，被冲刷得圆圆润润。无法想象这些石头的生命有多长久，唯有感动和敬畏。我捡起一个比拳头大些的河卵石，上面有一幅水墨山水般的图案，像一幅江山写意图。我如获至宝，决定把它带回家。因为看见它，我就像在黄河的怀抱里，不再孤寒。

脱了鞋袜，小心翼翼地趟进黄河。那个感觉，真是奇妙。

都说跳进黄河洗不清，如果心中透亮，怎会洗不清呢？

浅水处裸露出一块长条形的沙滩。走上去，柔软湿滑，细腻如粉。脚埋进去，轻轻晃动，细沙会在水的作用下，悠悠颤颤，像极了细嫩的豆腐脑儿。忽地明白，这哪里是细沙，分明是沙面，是河水沉淀下来的细面一样的沙，那该有多细啊。走在河滩上，一双脚像是被丝绸包裹了，又像是踏在丝绸的地毯上。

我和同伴都下了水，快乐如孩童，在水面上来回走，在沙面上来回走，不知疲倦，撩水、嘶喊、欢笑、跳跃，引得岸上的人也一起跟着欢笑。我试探着想往深处走，可是那幽深和流速，让我刹时清醒：这是举世无双的黄河！

河面上，有槐花的清香盈盈飘来，那是永和的槐花。有遥远的歌声袅袅传来，那是黄河的歌谣。有坚硬的温暖涌上心头，那是黄河的真诚。

到永和去看黄河吧。一个"和"字，穷尽了天下智慧，多少大书能解释得了？但是，乾坤湾自会给你答案。

福鼎拾爱

太姥石

太姥山的石头太有意思了，光光滑滑的，从漫山遍野的绿色世界里，活活泼泼地挺身而出，叠罗汉一般紧紧地聚拢在一起，直指苍穹，努力向上、向天、向太阳。

站在山脚下仰望，那姿态，那气势，让我目瞪口呆，脑海中顿时浮现出一幅有关雨花台的英雄群画。我默默地驻足了许久。

太姥山的石头打动我了。

这些柔和圆润的临天巨石，想必是得益了时间与大海的万古垂青，才有了如此的壮阔和慈悲吧？渺小如我，唯有感叹这大自然的奇石聚峰的神力。

石峰聚云，云涌石罅，若隐若现，如梦如幻。太姥山得天独厚，望尽东海，果真是人间的海上仙都。

登山的路在哪里呢？顺着小道走上去，原来是在林间、在石间、在云间，曲曲折折，高高低低，左转右旋。往往像是行至尽头了，转眼又柳暗花明。长长的一线天，九曲回廊的栈道，一个一个的惊喜持续着攀登的希望。

忽然明白，我只是在行走，早有人开辟了这脚下的险途。

太姥山的风韵，有黄山的影子，也有天柱山的神韵。如果说黄山、天柱山是一部皇皇巨著，那么，太姥山就是一部精致简约的经典，捧在手里轻巧，阅读起来省力。我总是喜欢随身带着这么一本经典。

山前山后的攀爬，不过两万来步，但是付出的辛劳远非步数可计。初夏的天，阳光炽烈，令人热汗淋漓，然绿荫处处、海风习习、湖水幽幽，时时被凉爽深深地爱抚着，还是非常惬意。

走在幽深的栈道上，很想拣一块太姥山的石头。

我爱拣石头，拣各地有特点的石头。山西永和乾坤湾黄河水边的石头苍黄黑纹，湖北神农架野人谷的石头赭红白线，大别山白马尖的石头青灰蓝靛……放在家里，时不时把玩，就会想到石头身后的山川人文、天地阴晴。

然而，一路走下来，并没有看见合适的石头，太姥山的石头像是连着根的一个整体，团结一致，岿然不动，偶尔遇见一个小块的石头，则多是棱角分明，锋利如刃，终于作罢。

这或许就是太姥山的个性吧。

太姥山的石头，我只能留在心里了。

白　茶

我是在茶乡长大的，六安瓜片、霍山黄芽是我的最爱。

后来到北京生活，渐渐也喝了红茶、黑茶，只是数量极少，算是一个点缀，换换口味。白茶却没有正儿八经地喝过。

到了福鼎，晓得是白茶的故乡，顿感亲切，像是一下子被茶香包围了。

早晨起来，出门闲走，见宾馆大门口放着两只巨缸，栽着两棵青春勃发的"福鼎大毫茶"，树龄都在50年左右，标明茶树"植株高大、芽叶肥壮、带银色茸毛"，其习性"抗逆性强、持嫩性强、耐旱、耐寒"。不觉莞尔，不愧是茶乡啊。

走廊的墙上，挂着一些袖珍书法，凑近了看，有一幅赵朴初的《吃茶去》："七碗受至味，一壶得真趣。空持百千偈，不如吃茶去。"赵朴初是安徽太湖人，与我同乡，还同属大别山区，都是产茶的地方。他对茶的喜爱，应该也是自小被茶香熏到骨子里的那种，又是佛教界的领袖人物，对茶禅一味自有独到的心解。"空持百千偈，不如吃茶去"，吃茶对他是如此的重要。

于是会心一笑，那就吃茶去，吃茶去。

登上大荒森林茶山，不是常见的梯田似的层层茶山，茶树是栽在山野之中的，混迹于花草、荆棘和森林中，若说是野茶也不为过。这品质，自然是带着大自然的不羁的淳厚和野香。

就在那山岭上，树荫、草亭下，海风轻拂，品尝姑娘们泡的白茶。白茶，诗意的名字，品一口，绵软淡香，回味悠长。唇红齿白的茶姑娘自豪地告诉我，世界白茶在中国，中国白茶在福鼎。

我笑着用脚尖顿了顿脚下，她笑得更欢了，脸上罩满了红晕。

在一张卡片上，我写下了自己的名字，然后将卡片系在一株茶树上。这株茶树算是被我认领了。它戴着我的名字，在雨露阳光、寒来暑往中，欢欢地生长。每年的早春，是它奉献的最美的时候。不负春光不负卿。

欣喜地和那株茶树留了影，然后挥手告别，不知怎的，心中便多了一分牵挂。

今生今世，我不抽烟不喝酒，茶却是少不得的。

来年，是否还能相见？

崳山岛

乘海船半个小时，就到了崳山岛。

崳山岛有什么呢？

没想到，上了岛，就喜欢上了。用"爱不释手"来形容崳山岛，显然词不达意，也不合适，可是我当时就是这样的感觉。感觉，有时候就是精怪精怪的，甚至不可思议。

出乎意料，岛上安安静静地卧着天湖和月湖，两个湖都盛着清清澈澈的淡水。湖与山的洁净和安详，让人恍如身在西藏。

岛上有淡水，才方便了居民的生活。当然，因为淡水，在过去漫长的岁月中，也引来了大量的海盗。

登上一座抛物线似的山坡，满眼的大草甸子，漫山遍野长满了密密的芒草，给人的感觉，像是到了青海或大兴安岭的草原。

不远处就是大海，海风忽轻忽重，草浪或徐或疾，波纹似的从远处滚荡开来，一直到达脚下。人站在山岭上，被海风一吹，便有了一种凛然屹立的豪气。

当地人这样描述：芒草茂盛绵柔，随着春夏秋冬的季节变换，或青或绿或灰或黄，枯荣颜色适时转换，美不胜收。可惜，我只能感受这眼前的初夏了。白云飘荡的蓝天、风姿绰约的山、清澈隽永的湖、翩翩起舞的草、苍茫无垠的海，色彩浮动，相映成画。

顺着缓坡走下去，一直走到天湖边上，掬起一捧水，清清爽爽，果然甘甜。这山坡看着没有多远，走起来才知道它的深遥。坡底，几匹马正旁若无人地悠闲吃草，看也不看我一眼。它们是自由的，主人不管它们，大海管着它们。

夜宿月亮湾，也是难忘。山坡上的小木屋，错错落落。夜色中的海，闪耀着暧昧的亮光，透露出无边的空旷。海潮一声一声地轰鸣着，倾诉着对海岸陆地的无尽依恋。

那一夜，听着涛声，竟激动得夜不能寐。像我这样平日里远距大海的人，一生中能有几天拥有这样的涛声入梦呢？

凌晨时分，下起了雨。不停息的倾盆暴雨，伴随着闪电滚雷，像是痛痛快快地发泄了一番爱的情绪。直到我们吃罢早饭，上了车，才雨雾天晴，笑脸相送。

所幸，这一昼夜，该经历的都经历了，该见识的都见识了。

嵛山岛，就是这么多姿多容，让我难以忘怀。

原载《中国社会报》2021 年 7 月 4 日副刊

龙港寻梦

　　行走的愉悦，在于补充心智能量、焕发生命激情。今年8月初，我去了一趟海滨小城龙港，短暂的两天三夜，有着梦如花开般的奇妙感受。那几天热得像下火，我心里却痛快如秋凉。这是一个怎样的龙港，又是一个怎样的梦呢？

一

　　龙港很小，2019年8月之前，它还是苍南县一个港口镇；1984年之前，世界上还没有这个龙港，现在龙港所在的位置，只有一个沟壑纵横、荒凉一片的港湾和五个"灯不明、水不清、路不平"的小渔村；而1981年之前，世界上还没有苍南县。

　　160多万人口的超级大县平阳以"地大人多，行政领导力所不及，经济落后，地区之间很不平衡，经济结构复杂，山海之利不能得到发挥，民族语言结构不一，山区老区建设不快，群众生活仍很困难"的悲壮理由，直接促成了苍南县的破壳而出、分县而治。

　　一穷二白的苍南县急于发展，在鳌江南岸设立了沿江港区，开发全县的物资集散中心，这样才有了龙港。

龙港镇不负众望，历经三十多年的不懈追求和迅猛发展，成为全国综合实力千强镇第 17 名，是一个典型的"经济学霸"。于是，龙港镇轻轻挥手，作别苍南的云彩，一跃成为龙港市，与苍南成了兄弟。

2020 年 8 月，龙港市刚满周岁，像婴儿，像晨起的太阳，一切都是刚刚开始。

地域之变有时候比人的变化还要有趣。若没有龙港之行，我哪里会知道浙江温州之平阳、苍南、龙港，原来有着这么深厚的血肉之情呢？大地泰然，却也有孕育的新生和成长的离合。天高地厚，割不断大地的深情。

从村到镇，从镇到市，一步一个脚印，龙港人骨子里透露出来的，是敢为天下先的精神和孜孜以求的真诚。当然，风雨坎坷、泪水鲜花、守诚智慧，这其中的艰辛和成功，也唯有龙港人自知。改革开放成就了龙港奇迹。当年，数万农民怀抱热情和渴望，离土离乡，迁入自己创造的龙港"城"，才有了"中国第一座农民城"。这么多年来，龙港先后又增加了"中国印刷城""中国礼品城""中国印刷材料交易中心""中国台挂历集散中心"4 张"国字号"金名片。每个名片，都是金光闪闪。

龙港的前世今生，像极了改革开放年代里呈现出的普遍的人生，一步一个脚印，从冬走到春，从春走到秋，走向收获、走向辉煌。看到龙港，我像是看到了自己。蓦然回首，一路皆是惊喜。

原来，龙港和我一样，也做了一个悠长、甜蜜的梦，一个奋斗的梦。

二

龙港的面貌颇有海滨小城的特点，不高的房屋，外观多有风雨急掠的痕迹。身为海滨之城，台风应该是这里的常客。

我还没有感受过台风，说起来也是人生的一个遗憾。杭州一位作家朋友逗趣道：你是个土包子。话音刚落，媒体上就传来了消息，台风"黑格比"即将登陆温州乐清，经过龙港。我一听乐了，来龙港太值了，可以一睹"黑格比"的尊容，从此扔掉"土包子"的帽子，扬眉吐气。

说起龙港，我脑海里呈现的都是大海，在这座海边小城，可以尽情地看大海、吃海鲜。没料到，在龙港竟然找到了江南水乡的感觉，就像在绍兴、周庄、乌镇或合肥的三河，满满的都是水乡的温柔。

那天，我们在白沙河小码头登上了一艘铁皮船。

笔直的河道、铁皮船，看上去有点粗陋，当船开行，心情一下子便柔软了下来。不走路，不骑自行车、电动车，不开汽车，而是气定神闲地坐在船上，在波光粼粼的水面上漂然前行。小船纸伞，娉婷倩影，吴侬软语，浪花诗行，恰如宣纸上纷飞的水墨。

阳光高悬，两岸小楼相连，海风的风流韵味尽在眼底，一些楼房的墙上，尚有岁月留下的依稀可辨的时代语痕。两岸零星的菜地蓊蓊郁郁，丝瓜花硕大金黄，嫩南瓜挂在篱笆上，玉米的咖啡色穗子迎风伸展，瓜果飘香……初秋的景恰如少年郎的情窦初开。

一座座石拱桥迎面扑来，让激动的我老老实实坐在舱里，不敢忘情地站起身，以免碰头。

龙港地处鳌江流域，境内河网密布，纵横交错的河道竟有 800 多公里。这江南河网有两条干河，一条龙金运河，由北向南，全长 26.4 公里，纵贯于江南平原；一条云肥河道，由西向东，经铁龙、宜山，全长约 20 公里，横穿于江南平原。而这江南河网的主要支流有五个，龙肥河、金肥河、龙凤河、钱湖河和钱望河，其中的龙肥河始于龙港市方岩下，由北向东南，流经白沙河。原来，我欣赏到的白沙河只是龙港水乡的"九牛一毛"，是阡陌交错、河网纵横、四通八达的一个角落，是闻名遐迩的鱼米之乡。

船行河道，不颠不堵，通畅安稳。"十里白沙路，沿河半爿街。"小桥流水，河畔人家，青瓦白墙，烟火人间。

若不是天气太热，真以为就是春风扬州十里了。羁旅京城多年，本以为来龙港只能饱观沧海，没想到也入了一回江南梦乡。

三

八月三号，吃过晚饭，我们一行人去海边看月亮。农历六月十四，月亮又圆又亮。海上观月，走到哪儿都是一景。但是龙港的海月，似乎更有风情。

往海滩上走，风温凉地呼呼掠过，淡腥味儿飘过来，找到了海的味道。远处的航标灯一盏盏亮着，像天边的星。

流云遮月，月亮周围的云分外明亮，一副喷薄欲出的姿态。海水涨潮了，乌云在风中艰难地蠕动。我们站在海边，兴致勃勃地看月亮从重重纱帐中一点一点裸露出来，皎洁得耀眼。惊喜的欢呼声几乎是异口同声，编织了一张浓密的网，将风声盖在了水里。"海上升明月，天涯共此时。"这似乎有点想当然了，别的地方谁知道是阴是晴呢？但是，我们真看见龙港的月了。

几个活泼的年轻女子摆出了各种姿态照相。照人，照海，照月，缺一不可。笑声洒下一片，与涛声媲美。女人照相就像买衣服，永远是不够的。三个女子，摆了一个飞天的动作，一个接一个，一手指向天空，一手拎起裙裾，在风的吹拂下，在月的映照下，衣袂飘飘，嫦娥奔月的样子。突然有了一个令心振奋的念头，如果她们真的奔上月了呢？哇，不敢往下想了……太美了。

海边的大美总是无穷无尽，令人遐思，因为我们怎么也看不到海的彼岸。

面对大海，当年的龙港人一定也是这样想的吧，大海的那边有什么？在望不到边的大海上，心飞翔了，胸怀广大了，眼界开阔了。心有多大，舞台就有多大，龙港人的勇气和胆魄，就是大海赋予的吧？登高望远，望得远才能走得更远。龙港人一定是借助了大海的力量，就像乘风破浪的真正的龙。

这是一个令人激动的夜，唯一的缺憾，是少了一堆让人激情澎湃的篝火，与月亮遥遥呼应、心心相印的篝火。海上赏月，终觉销魂。追月，一个飞翔的梦，一个改变现状的梦，一个永不满足现状的追求的梦。那一刻，我盯着那些星星一般闪亮的航标灯，却在想，天空中的星星不也是我们飞翔的航标灯吗？

"黑格比"的登陆时间又推后了，大约改在八月四日凌晨。夜里，我躺在床上静静地等。终于听见有风刮起来了，断断续续、零零星星的，像先头部队的侦察兵。等着等着，等进了梦乡，一觉醒来，天亮了，世界安安静静的，太阳明亮一片。真是遗憾，我与"黑格比"擦肩而过，不，是擦梦而过。

从此记住了龙港，我距离台风最近的地方，我在台风中呼呼大睡的地方。

原载《海外文摘》2020 年第 10 期

老街 穿过岁月的梦

　　这个小镇，让我难以忘怀的，还是它的老街。那条老街，并排也就能走五六个人吧，不宽，路面由大大小小的鹅卵石铺砌；两旁的木板房一间挨着一间，鳞次栉比；老街上有茶水房、铁匠铺、裁缝店、米行、伞坊、小学校、茶厂……走在这个街道上，古风扑面，清幽简朴，步步皆景。这样的场景，后来只能在影视剧中才可以看到了，是那种从遥远时代走过来的湿漉漉的街道，很像南方的，时常雾气弥漫，给人以梦幻的感觉。

　　那时，我家离小镇不远。通常，我从老街的这头走到那头，能看到茶水房硕大的铁锅里冒着腾腾热气，烧水师傅腰里系着皮围裙，安静地往水瓶里灌水。师傅那一张黄脸隐藏在水雾之中，若隐若现。那些竹编外壳的水瓶密密麻麻地站在宽广的锅台上，等待着被主人领回家。当时就想，小镇人真是奢华，自己不能烧开水吗？伞坊门前，有许多黄、红、紫、黑的油布伞和油纸伞，静静地撑开，放在地上晒太阳，空气中弥漫着好闻的桐油味。还有打铁铺、茶厂……这一切的场景，对我都是那么有吸引力。

　　上世纪80年代，我曾经陪同一位省城来的著名诗人逛老街。诗人微胖，戴着眼镜，风趣幽默，不拘小节。那天也奇怪，我们几乎没有遇到什么居民，街道上非常清静。诗人开玩笑说：咱们若是换上一件丝绸大褂，背上一把盒子枪，就这样晃荡晃荡地走，别人肯定以为当年的还乡团回来了。说得众人笑，诗人也哈哈大笑。

这个玩笑并不突兀，当年这里是革命老区，共产党领导的"诸佛庵民团兵变"震惊大江南北。革命与被革命在这片土地上厮杀、对决、"拉锯"，充满了腥风血雨。那时候的反革命民团卷土重来，是常有的事情……

小镇周围有五家军工厂，另一家配套医院就坐落于小镇一头。来了这么多天南海北的人，小镇热闹了，山里热闹了。工厂都建在大山沟里，"靠山、分散、隐蔽"，离镇挺远。人们休息日买点东西，或闲来无事，都会去小镇逛逛。小镇成了方圆几十里的经济中心和人们精神上的乐园。小镇本来就小，突然聚集了那么多来自五湖四海的人，更加促狭。很快，在离老街不远的地方，人们开辟了一条新街。老街和新街就像两条不相交的铁轨，各呈风采。新街宽阔，柏油路面，路旁栽了笔直的水杉，镇上所有的商店和管事的机构几乎都搬到了新街。甚至在新街的一头，还正儿八经修建起了汽车站。小站每天往省城和地区各发一班长途汽车。那是小镇和外界唯一的"呼吸"通道。

新街热闹起来，人来人往，熙熙攘攘。老街突然之间就冷清了，像个年老色衰被人遗弃的贵妇人。喜新厌旧是人之常情，不足为怪。但是，我却仍然留恋老街，对老街情有独钟，一往情深。通常，我先逛新街，买了本子、铅笔等该买的东西，然后转向老街。从老街的那一端慢慢地走向这一端。此时，我有时间，有心情，可以慢慢地走，慢慢地看。老街似乎充满了神秘，总会有一些让人好奇的东西出现，给人以惊喜。踏在不同的石块上，或大或小，或圆或尖，或白或红，脚的感觉是不一样的，心里的感觉当然也不一样，仿佛每一步都踏在了一个让人兴奋的支点上。

我喜欢老街，还有另外一个原因，几乎家家户户的门框上方都挂着的"光荣烈属"或"光荣军属"的牌匾，拓宽了我的想象，净化了我的灵魂。小镇的当年，苏维埃革命时期闹红军的年代，在那一扇扇木板门的里面，住着一个怎样的人家？有着一个怎样的人生故事？过去和现在又有着怎样的联系和境遇？

从老街出来，在我回家的马路边上，有一座土山，不高不陡，但是，爬到山顶即能俯瞰小镇。那时，山头上还能看到一个坍塌的碉堡，碉堡的墙上残存着密密麻麻的弹孔，在泥土里还能挖出生锈的弹壳。这是战争年代的遗留物。男孩子都喜欢去那里转悠，我当然不例外。后来，那座山被农民改造成了层层梯田，田里栽上了茶树，成了四季翠绿的茶山。大雪漫天时，我在那个茶山里逮过野兔。再后来，茶树依然在，只是山顶上建了一座烈士纪念塔，塔上镌刻着八个大字：革命烈士永垂不朽。那个塔，成了小镇的标志物，我天天早晨跑步经过它时，都会多看几眼。

上个世纪 90 年代初，军工厂搬迁进城，我家住的房子以及房后一大片水田，被改建成了一个小广场：湑西广场。这是为了纪念皖西革命根据地创始人之一刘湑西。我参加工作不久，曾经拜访过革命烈士刘湄西的家人——刘湄西之子，一个瘦削的乡村小老头。在此之前，我在革命烈士纪念馆曾经看过刘湄西的照片，一身学生装，骑在一匹高头大马上，英俊威武，剑气逼人。这是烈士的人生形象在我心底的定格。那个片刻，我有点恍惚，有点穿越，心灵完全被情感的时空淹没了。

如今，再回到山里时，我只能朝着我过去的住址凭吊一番，算是对自己青春记忆的缅怀。当年，我的父辈是抱着"献了青春献终生，献了终生献子孙"的理想进山搞国防建设的，而今，作为军工之子，我在山里仅献了青春就进了城市，而我的孩子，只在山里生活了几天，连对山里的记忆都是寥寥。时代沧桑巨变，但是，那些为了新中国的强大而做出巨大奉献的人们，是不应该被时代和后来的人们忘记的。这是中华民族值得珍藏的一笔精神财富！

而那条让我魂牵梦萦的老街呢，则是历史留下的生动的物质见证。

可惜的是，如今老街已经变了，变得惨不忍睹。老街的木房中，夹杂着众多的水泥小楼，一截一截的，错乱穿插，而且，路面到处有水泥修补、填充的痕迹。看见这一幕，就像一个人在优雅地喝着咖啡，突然面前被服务生放了一盘油炸臭豆腐，虽然都是我的至爱，心境却已被粗暴地撕裂了……

老街于我，已经是一个梦，一个悠长的梦，真实又虚幻，美好又缺憾。

老街，以及那些有着悠长历史的东西，是民族悠久象征的一条条细微的根须，无论现代的物质文明如何发展，都不应该排斥和牺牲它们。

庆幸的是，我还能看到老街当年的轮廓，闻到老街那熟悉的气息。我知道，像这样的老街，连同各地那些古老的村庄，每天都会消失许多。那些为之呼吁保护的有识之士往往又是无能为力。经济大潮中，人们的目光会向前看，却极少转身"后"视。即使向前看，也难得看远，因为站位不高，心中只有那点急功近利或者私利作祟。经济的发展，除了办企业盖高楼，还能干什么？这，值得深思。

那些古老之物，穿过历史，一路风尘，能与我们相见，实是上苍的垂爱，毁坏了，就再也没有了，真的没有了……

南丰缘

朋友行巧说：缘，妙不可言。对此，深以为然。山不转水转，人或物，或景，如果有缘，皆有相见之时，虚实梦幻，神驰八荒，或早或晚。

一

十九岁，我成为一个孩子王。那已经非常遥远了。在那个大山沟里，我窝了十年。

十多个外地分配去的青年教师，在那个狭窄的巴掌大的地方，一个自成一统的小社会，苦闷、压抑自不待说，不知道出路，也看不到光明的希望，只能坐愁红颜。有人爱上麻将，有人爱上读书，有人娶妻生子，有人谋划远走高飞，我对着方格稿纸，向天向地倾诉"我脑袋里的怪东西"。

欢乐也有，多集中于下半年，节多、假多、福利多。深秋或初冬，收获季节，厂里会有大卡车去山东烟台拉苹果，每个职工发几十斤。一个漫长的冬季，都被浓浓的苹果香包裹了。

有一年，迟迟不见苹果。不发了吗？正在嘀咕，几辆大卡车呼啸归来，原来是换了花样，苹果变橘子。那橘子是第一次见，小得像鹌鹑蛋、鸽子蛋，大的不过鸡蛋。咋这么小？剥开，皮薄、肉嫩、汁多，吃到嘴里，酸甜。嗬，奇妙的好东西。

山沟里橘香一片。橘香让我莫名兴奋，让我想起小时候在村里，端午节，村里集体逮鱼，家家户户都吃鱼，整个庄子都飘着鱼香。

我们聚在某一个宿舍，热热闹闹地吃橘子，欢声笑语。橘皮都留着，放在窗台或桌上，让橘香弥久。小橘子给沉闷的时光带来了光亮和欢乐，让我记住了物质下的小快乐。

后来搬迁进城，见到那样的小橘子，必买无疑。拎回家，一口气吃饱，顺便也回忆了一遍遗留在山里的青春梦想。

二

一个青年在那样的环境，很容易爱上文学。那是一种寄托、追求，或者是自我救赎，不至于让自己落水沉沦。

初学写作，便去寻找、挖掘家乡的文人，似乎要给自己找到一个热爱的理由、榜样或动力。安徽颍州自古文人灿若繁星，老子、庄子、管仲、鲍叔牙、曹操、曹丕、曹植……哦，他们在时空上离我太远，唯欧阳修最近，地域的近。

唐宋八大家之一的欧阳修祖籍江西永丰，并非颍州。但是他对颍州西湖情有独钟。知颍一年半，兴农桑，重水利，治西湖，修三桥，建书院，留下许多勤政为民的政绩。刚获准退休，就归隐颍州。他早已在颍州西湖畔盖房建院，急于安闲自在。遗憾的是，好日子只过了一年，便因久病日衰不幸逝世，享年66岁。颍州成为他的终老之地。他的血脉后代，有一支就生活繁衍在颍州。我生长的小村庄，距离颍州西湖步行不过几十分钟。

这个发现令人兴奋。

欧阳修官至参知政事（副宰相），被誉为"生前事业成三主，天下文章无两人"。他在京城做官，也在十余个大小州府郡县任职。他视颍州为第二故乡，一生8次到颍州，留下诗词近160篇。他热爱颍州西湖，赞颍州西湖乃"天下绝胜"。上海古籍出版社的《唐宋名家词选》中，收录欧阳修词27首，其中《采桑子》10首，每首都以"西湖好"开篇，赞美颍州西湖。"轻舟短棹西湖好，绿水逶迤，芳草长堤，隐隐笙歌处处随。无风水面琉璃滑，不觉船移，微动涟漪，惊起沙禽掠岸飞。"

《永乐大典》中记载的八大西湖，对颍州西湖和杭州西湖记述得最为详尽。苏轼说："大千起灭一尘里，未觉杭颍谁雌雄。"可见两湖齐名共荣，不分伯仲，各有姿色。

三

曾巩是欧阳修的学生，乡党，两人有着三十多年的交往，可谓情深谊重。欧阳修称赞他："广文曾生，文识可骇。"

欧阳修在安徽滁州为官，写出了传世名篇《游琅琊山》《丰乐亭记》。曾巩去滁州看望恩师，遵嘱写了《醒心亭记》：

"滁州之西南，泉水之涯，欧阳公作州之二年，构亭曰'丰乐'，自为记，以见其名之意。既又直丰乐之东几百步，得山之高，构亭曰'醒心'，使巩记之……"

曾巩到过滁州，留有美文，是否到过颍州呢？

对这个问题，阜阳市历史学会会长、欧阳修研究专家李兴武说："曾巩两入京都，历八州郡，除元丰二年（1079）五月移守亳州，距离颍州最近外，其余足迹所至均在江南河北。而北宋时期的颍、亳两州虽阡陌相连，南北相望，却分属两个不同的行政区域，不相统属。"

他分析曾巩的文学生涯，认为曾巩最有可能到颍州的有三个时间节点：

一是欧阳修在颍州做官。查欧阳修谱，此间并无曾巩来访，亦无诗词与之唱和。查曾谱，他在江西老家居家守丧，丁父忧。

二是欧阳修致仕，退居颍州期间，曾巩此时为越州通判，又改知齐州。闻欧阳修退休，有《寄致仕欧阳少师》："四海文章伯，三朝社稷臣。功名垂竹帛，风义动簪绅。"是年冬，欧、曾互致问候，寄赠碑刻，书信往来。在欧阳修退居颍州的日子里，苏轼离陈州，苏辙送至颍州，兄弟同谒欧阳修二十多天，留下许多脍炙人口的诗篇。

三是欧阳修在颍州病逝，此时，曾巩在齐州任上，闻讯伤悲，作《祭欧阳少师文》："公在庙堂，总持纪律。一用公直，两忘猜昵。不挟朋比，不虞讪嫉。独立不回，其刚仡仡。爱养人材，奖成诱掖。甄拔寒素，振兴滞屈。以为己任，无有废怫。"艰难的道路交通，无法让曾巩短时间里前往吊唁。

由此可以认定，曾巩终其一生也没有到过颍州。倒是在他 63 岁那年，其弟曾布由桂州移知陈州（今河南淮阳），其母与之俱行。他作为神宗近臣，上奏朝廷，想到颍州为官。陈州与颍州极近，又通水路，方便往来，曾巩想离母亲近些。然而，他两次申请，都没有获准。

曾巩没有实现的愿望，曾肇代为实现了。曾肇是曾巩同父异母的幼弟，比曾巩小 29 岁。曾肇知颍前后只有 8 个月，兴学劝农，疏浚清河，节省民力，政绩斐然，被称为"良守"。此时，欧阳修去世已 17 年，曾巩去世也有 6 年了。

千百年来，在知颍、思颍和与颍州结下不解之缘的美好记忆与想象中，人们误把曾肇当曾巩。曾巩没有到过颍州。千古佳话，擦肩而过。这是曾巩的遗憾，也是颍州的遗憾。

四

走在南丰大地，恍然若知，一切皆缘。缘，妙不可言，让沉睡我脑海三十多年的梦突然透亮起来。曾经入梦难忘的橘香，带给我欢乐的小橘子，原来是南丰特产。南丰是蜜橘之乡、世界橘都。自唐代开始，南丰蜜橘就是皇家贡品。当年我曾钻牛角尖遍寻资料，想搞明白大文豪曾巩是否到过颍州，发现他竟也是地道的南丰人。刹那间，让人有了穿越的感觉，觉得自己与南丰宛若久别重逢，亲密无间。

在曾巩纪念馆，我们与来自全国各地的曾氏后裔及社会各界人士，举行了纪念曾巩诞辰 1000 周年祭祀活动。参观纪念馆时，对曾氏家族油然而生敬意。墙上镌刻着曾巩的《烟岚万派》："几派洲堤列画屏，红霞印水雁飞鸣。声声色色连天际，大块文章随意成。"天下写作者，谁不对"天下文章随意成"心驰神往呢？仿佛寻到了千年文脉，纷纷与"天下文章随意成"合影留念。

然而，随处可见的并非文章，却是橘树。山坡、田野、门前屋后、道路侧畔，一株株并不高大的橘树，挂满了青涩的橘子。我们来早了，无法一饱口福。一个早熟泛黄的橘子被我惊喜地摘下，握在手心，感受它的馨香和温暖。

70万亩青葱翁郁的橘树，每年产橘26亿斤，该是多么壮观。南丰人向我描述，四月天，满目都是白瓣黄蕊的橘花，一簇一簇的，热烈奔放。这令我无限神往。看着一棵棵橘树开出花朵，再由花朵长成熟透的橘子，该是多么奇妙。

南丰不光有千岁贡品蜜橘、千古才子曾巩，还有千载非遗的南丰傩舞、千秋古窑白舍窑、千年古邑南丰古城。

祖国疆域辽阔，人杰地灵，值得一辈子去走一遭或多次行走的地方，有很多，譬如南丰，一个让人踏足难忘的地方。

缘来缘往。缘，妙不可言。我信。

原载《中国国门时报》副刊 2020 年 1 月 3 日

过往

夜

一天，因事耽搁，回家晚了。下了最后一班地铁，过了桥，往东一看，一片黑暗，不仅我所居住小区楼顶的霓虹灯灭了，竟连个路灯也没有了。

黑灯瞎火，怎么停电了？

于是，我摸黑往家走。

这六七百米路，沿通惠河而修。据说通惠河通往京杭大运河，算是运河的一部分。现在，虽然其中的浅水因污染而黑得让人不忍卒睹，但夜色掩饰下的哗哗流水声却是真真切切。走在河边，清风拂面，夏虫欢鸣，水流潺潺，竟别有一番诗情古意。

抬头仰望，只见浩瀚的银河，繁星满天，明明灭灭，耀眼闪烁。突然就被震撼了，扪心自问，我已经有多长时间没有看到这美丽的星空了？甚至，没有抬头看一眼这美丽的黑夜。

身在闹市，起早贪黑，上班下班，在办公室与家的两点一线上疲于奔命，根本无暇顾及黑夜。即使有那么一次两次的机会在黑夜中游逛，却找不到黑夜的感觉，因为，金碧辉煌的灯光让人恍然如昼。试想，不夜城里又怎么能看得到夜的颜色呢？夜与昼各占时间的半壁江山，平分秋色，看来，在造物主的眼里，黑夜与白昼是同样重要的。

难得这么一个黑夜，我干脆坐在河边的石阶上，静赏这黑夜的大美。

夜阑人静，虽然不是伸手不见五指，但是这纯粹的黑也直抵心灵。我想起诗人顾城的名句："黑夜给了我黑色的眼睛，我却用它来寻找光明。"诗人的话含意深广，却坚硬如铁，像一把寒光闪闪的利剑，直指思想的天空。但是，似乎缺少一点英雄的柔情。英雄的柔情更加可贵，让人难以忘怀。那种花草树木、白云流水编织起来的英雄柔情，此刻可以更加淋漓尽致地抒发我对黑夜的万千情感。

黑夜中，我的一双眼睛像我心爱的朋友——一只名叫黑漆漆的猫的眼睛，那么明亮，透彻，睿智，似乎看见了历史和未来，看见了辽阔无垠的远方。我明白，黑夜才是真正产生思想的地方。古今中外，谁能说得清楚，有多少伟人的思想是在沉沉黑夜中诞生的呢？那些奇思妙想，那些思索的火花，常常伴随一豆油灯，在黑夜中自由地翱翔。

我喜欢白昼与光明，追求光明是我一生的梦想，但是，我也同样喜欢这黑夜。黑夜像一只温柔的手，轻轻地抚摸我不安的灵魂和情感。光明中，我毫无遮拦地看见了世界；黑夜里，我不仅看见了世界，也看见了赤裸裸的自己。我可以不慌不忙地在夜中诅咒岁月的无情，舔舐伤口上的血痕，融化心灵的冰霜；我也可以在夜里尽情地歌唱——无声而纵情的歌唱才是真正的歌唱。夜中，我不再随波逐流，我是自己的舵手，我随意将自己的小船划到任何一个我想去的地方……

夜深了，喧嚣浮华渐渐远去。城睡了，人睡了，天与地也睡了，黑夜是那么寂静。因为这静，我才感觉到夜是那么真实，真实得我可以触摸到她光滑的肌肤，感受到她娇喘的气息。忽地明白，原来，黑夜是为了让光明喘口气的；原来，黑夜是光明的一座加油站，让光明休养生息。如此，光明才会更洁白、更纯净、更透明吧！

我想，人要经常看看夜空，夜空会让一个人的心灵空灵起来，不再被世俗纷扰缠绕得喘不过气来。否则，梦为什么总是在黑夜中生发呢？

夜中，我听到了自己的心跳，拣拾到了光明飘下的落叶，感到了世界放缓前行的脚步，卸下了笼罩于我的各种面具，触摸到了世界拔节的脉搏与力量……我想，即使我睡了，但是我睡梦中的心跳仍然是追求光明的不懈的鼓声，梦呓乃是我迎接光明的欢呼和最真诚的祝福。

坐在这个黑夜里，我久久不忍离去。我怕，我的脚步会打碎黑夜的沉沉的梦。或许，当东方的第一缕曙光照临时，黑夜便会梦想花开了罢。

雪打灯花

　　拉开窗帘，下雪了。窗外，雪花闹得正欢，满眼已是皑皑一片。此刻，远远近近的鞭炮声此起彼伏，让这静寂的雪天愈加悠长而明媚。这才想起，今天是 2007 年正月十五，元宵佳节啊！

　　元宵节难得碰上这么大的雪天！仔细算来，这是去冬以来北京下得最大的一场雪了。北京干旱少雨，一年四季难得用上一两次雨伞，如今雪落苍穹，脑海中立马冒出瑞雪丰年的意思来。

　　这是我刚刚搬进新家的第四天，还没有从疲惫中完全恢复过来。北漂整整两年了，不惑之年完成了人生的再一次迁徙，漂泊的心终于找到了沉实的大地，再也不用东搬西挪。

　　站在窗前，像站在一个风景观光台上。东边，有一大片苗圃，苗圃上方是国际机场的降落线，经常能看到飞机大鸟一般慢慢降落，一架接着一架。早晨或者傍晚，在红霞满天之时，此景愈发壮美。而到了晚上，当夜幕降临，透过玻璃窗，能看到遥远的天空中闪烁的星星。有时是真的星星，有时却是飞机的灯光，若是有耐心盯着看一会，就会发现飞机飞得也挺慢的。西边，不远就是机场的起飞线，一架架飞机斜刺里直冲蓝天。南边，有个火车站，能看到"动车族"或老式火车在绿树丛中或快或慢地穿行，晚上，那一格格灯光串连起来，就像一条亮亮的长龙飞驰。北边，距楼也就几十米吧，乃是大名鼎鼎的通惠河，河与楼之间，是一个小区自建的长条形花园，栽着树木花草。通惠河对岸，是几万平方米的市政公园，冬天之外都是绿草茵茵，柳树依依，经常会有各式形状的风筝飘在空中，摇呀摆的。公园的那边，是京通快速路和轻轨八通线，从家里看过去，轻轨就像一条大豆虫来来回回慢慢地爬，汽车或疾驰或像甲壳虫走走停停……

当初我跑遍京城东西南三个方向，却看上了这个小区，就是冲着这动人的风景，闹中取静，静中也能感受到现代化的气息。

更让人怦然心动的，还是眼前这条历史悠久的通惠河。查了资料才明白，这条河是元代挖建的漕运河道，由郭守敬主持修建，元世祖命名。最早开挖的通惠河自瓮山泊（今昆明湖）至积水潭、中南海，自文明门（今崇文门）外向东，在今天的朝阳区杨闸村向东南折，直至通州高丽庄（今张家湾村）入潞河（今北运河故道），全长82千米。通惠河开挖后，行船漕运可以到达积水潭，因此积水潭包括现今的什刹海、后海一带，成为大运河的终点。据记载，当时是百船聚泊，千帆竞行，热闹繁华。可惜这些都是过去烟云，现在人们只能想象当时的繁华盛景了。

这条河道在明朝和清朝一直得到妥善维护，且沿用到20世纪初叶。

只不过，在元末明初，由于战乱和山洪的原因，通惠河的上段废弃了。现在的通惠河，便是从我住的楼下流过的这条河，从东便门大通桥至通州入北运河这段河道，全长还有20千米。美中不足的是，这条河由于城市改造，已经完全改为人工修筑了，水泥、条石铺砌，怎么看，都是一条宽阔的水渠。

在喧嚣的都市，眼前能有这一洼活水，尽管水质常年黑乎乎的，也属难得。苏东坡说，不可居无竹。……无竹令人俗。其实，我以为应该是不可居无水，有水才有灵哩！

闲时漫步河边，看河水慢慢东流，就会想起"逝者如斯夫"，便有了几许美好的古意。对于"惠"字之意，《说文》曰：惠，仁也。《逸周书·谥法解》曰：柔质慈民曰惠；爱民好与曰惠。《孟子》曰：分人以财谓之惠。《论语·公冶长》曰：其养民也惠……

看波光粼粼，想到惠声、惠心、惠音、惠气等等绝妙的词儿，心头便如掠过兰惠之风，温暖而恬静。

我这人向来不会安分守己，喜欢折腾，喜欢漂泊，但是，我更喜欢漂泊中这难得的宁静。漂泊是生命中不倦追求的动力，宁静却是尽情享受这追求的美好。

民间有个说法："正月十五雪打灯，丰年把握有三成；再赶上八月十五云遮月，丰年的把握再添五成。"据《北京晚报》称，这是北京自1951年有系统气象记录以来第8次"雪打灯"的元宵节，而去年确为"云遮月"，这正应验了民谚的说法，预示着今年将是个好年景。

雪一直飘着，从早到晚，静寂无声。那个晚上，2007年元宵节的那个晚上，皓月当空，又大又圆，从来没有见过这么圆这么亮的月亮。坐在窗前，我痴痴望了许久。也许，这一天是我不能忘记的，因为，我终于从一段长时间的漂泊中走了出来；因为，我看到了一个丰收在望的好年景。

静美的声音

一

一个精瘦少年，在一个烈日午后，满头热汗奔进那片一望无垠的玉米地。玉米高他一头，刚刚含苞吐穗，生机勃勃，一如这青涩少年。走了几步，少年立住了。置身在密不透风的青纱帐里，少年放弃了穿行的念头。他感受到了从未经历过的静寂。此时，风无一缕，庄稼和着泥土的味道扑面而来。一种奇异的力量城墙一般厚厚地包裹了他。

少年的心被震撼了。

死一般的静寂中，充满着生命的律动。少年能听到自己血脉的偾张，也能听到庄稼的拔节。玉碎一般的炸响，脆脆地挂在耳畔。少年闭上双眼，痴迷地聆听着。那天籁之音，如一枝温暖的红樱桃，在他的心窝里跳荡。那个午后，在那个阳光高悬的玉米地里，少年就那么立着，接受着生命隆重的洗礼。

当太阳悬在西山之巅，少年便一阵风似的奔回家去。从此，他青春的血液里，一直奔涌着一种无法抹去的力量，奔涌着那种生命拔节的声音。即使到了收获的秋季，那种声音仍然在他的心中鼓响着。

生活无时无刻不在给予我们生命的提示，但真正的觉悟却需要一见钟情般的倾心。只是，少年那时尚不清楚，一个人的一生，总会遇到几次那样静寂的时刻，总会听到那种静美的声音。

二

很久没有看到满天繁星了。那个月色朦胧的夜晚，独坐阳台，盯着天边一颗闪烁的星星，痴迷地望着，却是一架飞机轰响着从头顶掠过。除此之外，天幕一片沉沉，再无丝毫的亮色！

泪水，无声地在心头滑落……是微尘遮蔽了都市的夜空，还是自己无暇抬头望天？

多久没有看到满天的星星了？曾经在风清月朗的夜空，观繁星、听蛙鸣，即便夜幕黑沉，也能感受到雨后的清新、天空的纯净，更能听到大地的足音。可是在这喧嚣的都市，因为灯光彻夜如昼，就难以再找到满天的星星。

黑暗中，我需要光明。可是在这耀眼的明亮中，我也需要黑暗带来的沉静。黑暗，让心明亮。

黑暗如我偶尔的回眸和喘息，让我知道自己满身的疲惫。

在这微尘遮蔽的星空下，我还能听到自己的心跳。我在问自己，梦想中的那用五彩霞光编织的桅杆仍然挺拔吗？曾经繁星闪烁的静美夜空仍然明亮吗？庆幸，我仍然能听到自己心跳的声音，也仍然还能听到那个大地拔节的声音，如此静美的声音。

三

曾经的风云激荡，让彷徨的脚步有了追逐的航灯。从此，一个比一个更深更大的脚窝，串联成一串金光闪闪的音符。我的心跳，一直吻合着时代的脉搏，就此共鸣一个飞翔的旋律。

那个头顶玉米花花的少年，在多年后的一个午夜时分，独坐都市路边的石阶上，沐浴着凉爽的秋风，看如河的车流和灯光。此刻，他的心中唯有静美的声音，那个声音是他一生的梦。

他听到了一个强劲的心音，让他激动。一个雄浑的脚步走来，恰如鼓点，踏响了天边，也踏响了一个百年沉睡的强国梦。他在想，如果生在战争年代，他会为国甘洒热血；而今长在和平时期，他只能为国献才智了。一棵不死的大树，任凭酷暑严寒、风雨雷电，都无法阻挡它顶天立地的生长。

那个静美的声音催熟了沉甸甸的果子，信仰的飞絮无声地飘扬。我粗壮的血管里，流淌着长江与黄河的基因。

那个静美的声音，便是脚下的力量，一步步走来，幻化成前行的铿锵之声。

看夕阳

再有两天就到大寒了。早晨起来，发现外面落了一层雪。哦，夜里下雪了。几个旅店的人各自拿着一块大木板，在阳光下像推土机一样铲雪。

今年，我还是第一次见到雪，顿时兴奋起来，穿了衣服去雪地里走。雪不厚，能踩出脚印，走上去咯吱咯吱的，声音真好听。

因为要回北京，吃过早饭，就往呼和浩特赶。不知道路上是否好走，不敢订机票。订了机票，怕误了时间赶不上；赶上了，如果天气不好航班取消了，岂不是更糟糕？得知下午有一列火车到北京，如果来得及，脚踏大地坐火车或许更让人踏实。

汽车开得像乌龟爬，尤其是上坡下坡，更得小心谨慎。正担心什么时候才能赶到呼市，汽车拐上了高速路口，所幸，高速公路并没有封闭。

高速路上也是薄雪，路中被汽车轧出了明显的车辙，但是没有结冰，跑起来也顺畅。按这个速度，赶上火车没有问题。说起内蒙古，就会想到蓝天、白云、草原和羊群，但此时，我神往的这些并没有出现，眼前只有西部才有的荒山秃岭风貌。

出了准格尔地界，前方又遇到一个收费站。一辆警车堵在路口，封了前方的高速公路。下车去问，回答说呼市下雪了，封道，至于什么时候开闸，要等通知。这一百五十多公里，走一半封一半，两个辖区，各管一半，结果到这里走不动了，如何是好？此时太阳高照，天空碧蓝，路上的雪估计也化得差不多了，但是，害怕出事故，就一封了之，的确是安全了，也不会有担责之虞。

我们被晾在半路。只能掉头，绕走省道。省道没有封，随便走。但是，这一绕浪费了许多时间。进入呼市后，遇到堵车，心急火燎地赶到火车东站时，离开车只剩下十多分钟了。按以往经验，时间已经足够。我拿着身份证验票进站，门口小岗亭里的人不让进，因为没票。我拿出记者证，说上车补票。岗亭里的人好意告诉，不买票进不了候车室。我立刻往售票厅冲去，进门要排队安检。赶到售票窗口，售票员说，没票了。我说上车补票，买一张站台票。售票员说，站票不卖，站台票也不卖。忙碌了这么长时间，驾驶员早晨都没来得及吃早饭，没想到大家都是在做无用功，起个大早赶了个晚集。我们只得出来，往飞机场去也。此时，只有晚上八点多钟的航班了。

在机场，办了手续，过了安检，这才喘口长气，身心松弛下来。想买本书读，可是候机大厅里只有卖衣服、食品、土特产之类的商店，没有卖书报的。还有漫长的四个小时呢！奇怪的是，我的手机突然黑屏了。元旦假期我回老家，手机也出现了这种状况，电话显示畅通，却黑屏没有铃声。

我花了四十元在家门口一个手机店修好了。没想到，手机的毛病复发了。

有时候，就是这么巧，不幸的事情像是要聚会似的，会赶到一起去。就像哪天开车出门，一路的红灯都遇到了。有时候，因为要赶时间，很沮丧，气得骂娘，懊恼不已，但想想，除了伤身之外，又有何益？所以，再遇到这种情况，我就会心平气静地对待，不急不躁，让自己安静。现在的节奏很快，人们往往疲于奔命，与时间较劲，既然明明知道搞不过它，又何必树立战胜它的必胜决心？

没有书报，没有手机，没有网络，我似乎回到了曾经的那个简单的时光里。不禁暗自庆幸，终于有机会让自己慢下来了，为何还要着急呢？

窗外，夕阳斜射过来，穿越宽阔透明的玻璃，照在我的身上，暖意融融。这久违的心情，久违的夕阳，久违的安静。大厅里已经非常空旷了，坐在铁椅上，静静地看夕阳。这样多好，让生命慢慢地活，慢慢地老，清清静静，安安闲闲，无嘈杂劳心，无爆炸般的五花八门的信息往脑海里钻。夕阳硕大，无声地挂在天边。慢慢地，被高楼挡住了一部分。慢慢地，天空暗了下来，没有了如丝如缕的柔和的阳光，但是天空仍然明亮，明亮中多了一分橘红。

已是傍晚时分。在家乡，这样的傍晚，伴随着暮霭的走拢，鸡鸭牛羊都陆续地归圈回家，麻雀叽叽喳喳地窝在草丛里，兴致勃勃地准备安眠，炊烟袅袅升起，飘起了饭香……这是乡村的傍晚，满眼是乡愁。而城市的傍晚呢，却是拥堵、嘈杂，鲜有诗意。我倒是梦想着，生活在城市也能读出乡村般的诗意。就像此刻的我，坐在现代化的候机大厅里，享受着简单，同时，不也是在享受诗意吗？

旅客越来越少，来了，走了，又来了，又走了；一架架飞机无声地降落，又无声地升起，航空港里忙忙碌碌。看着看着，不知什么时候，机场的灯亮了，所有的灯都亮了，飞机的起降带着灯光，像是播洒闪耀的星星。

等待没有什么不好。

忽地想到一首诗："终日昏昏醉梦间，忽闻春尽强登山。因过竹院逢僧话，偷得浮生半日闲。"这是唐代诗人李涉的《题鹤林寺僧舍》。诗人逢僧说话，心情愉悦；我与夕阳心语，穿越时光和历史，同样陶醉于时光的安闲。不管古代还是现今，人生的心境大抵相似。我候机的时间，不也是"偷得浮生半日闲"吗？该高兴才是哩！我的微信朋友圈里，一个搞书法的朋友每天都会发大量的信息，他发的东西，永远是乐观的，或知识，或笑料。相比之下，另一个画家发给大家的，永远是负能量的文字，多是书画界或历史上让人不痛快的事，黑暗的事，能看出他有着强烈的疾恶如仇、怀才不遇之感，多有抱怨。但是，在曾经与他交谈的言语间，又感到他永远是一个无人能比的境界高尚的人。生活的态度取决于生命的质量，积极还是消极，进取还是安于现状，逆流而上还是随波逐流，这有着霄壤之别。以前，遇到堵车，我就在车上休息。地铁里拥挤，权当练站柱锻炼身体……面对纷繁的世事，我曾经吃力地努力过，便问心无愧；当我无力改变眼前的现状，我便让自己笑起来。

这就是生活的态度。

夕阳西下，如此的静美，该好好享受才是，为什么再去想追赶那永远也追赶不上的时间呢？这个世界上，并不是所有的人都需要快节奏，需要与时间抗争，有些人更需要静与慢的滋养，像一头吃饱的牛，静卧、咀嚼、反刍、消化，比如作家和诗人。静与慢能让他们从容不迫地将生命的体验变成有感情有思想的美丽文字，静与慢也能让更多的人思索，并体验到生命的灿烂。

呵，夕阳，永远是那么美好。

寂寞映山红

常常梦见映山红。这种又被人称作杜鹃的山间野花，漫山遍野，宛若春天点燃的激情，灿烂奔放。那是生命的记忆，虽然遥远，却清晰而芳香，沃土一般茁壮着生命的年轮。

今年三月，在北京一座大厦的一楼大厅，我看到了靠廊柱花盆里盛开着的映山红，顿时欣喜万分。那个满山映山红的画面闪现在脑海，怀想愈甚。随后不久，重回大别山，满以为会旧梦重圆，没想到却失望至极。映山红哪儿去了？

梦的破灭，让心中埋下了一丝无法抹杀的隐痛。

一

故乡是一个不可思议的感情碎片。幼时或童年的记忆，哪怕只是一间破土屋、几棵老树、一眼老井，也是永远的故乡、永远的根，会成为一个人魂牵梦萦一辈子的寄托！其后的人生，即便在一个地方生活再久直至终老，也仍会觉得自己不过是个浮萍游子，仍旧想着叶落归根。

这就是故乡的魅力！

在时代的浪潮中，一个人犹如一滴水而已。上世纪六十年代，国家一声令下，百万建设大军投身三线建设。在大别山那个偏僻的山沟里，我跟随父母生活了二十多年。置身大山的怀抱，永远走不出山的目光。尤其喜欢春天的映山红，那一片柔情，那一分热烈，让人心醉神迷。映山红们虽说不像玉米高粱那样稠密，却也是挤挤挨挨，长满山坡石罅，红的、粉的、紫的、白的，热闹非凡。电影《闪闪的红星》中有这样一句台词："等到映山红开了，你爹就回来了。"这句话，仿佛就亲近在身边，让我们绘声绘色摹仿了许多年。

如果说各具姿态、绵延不绝的山峦是大别山的骨骼，那么映山红、兰草等等便是大别山独具魅力的血液，就像诞生于大别山区的黄梅戏以及山民的那种勤劳、宁折不弯的精神。这些貌似柔软的东西让山峦有了灵气，让石头有了温暖，让错综纠结的满山荆棘有了一丝柔情。

如今，站在如积木一般堆积的时间之塔上，映山红成了我一个飞翔的梦。当我故地重游，却无比地失望和讶异，行走在山梁脊坡，映山红竟似晨星一般的寥落。

这是为何？

"杜鹃也报春消息，先放东风一树花。"在明诗人苏世让看来，映山红是一位报春使者。此时已是人间四月天，春光明媚，但天空却一反常态，飘着雪花、落着冰霰。莫非气候寒冷，春风来迟？友人如实相告，这些年，映山红被人挖得差不多了，运到外地换些小钱。再一问，不仅映山红，野生兰草也成了人们挖取换钱的宝贝。友人一声叹息，难道这就是所谓的"靠山吃山"吗？

心头一阵悲凉。现在的有些人，爱美，就把花草弄到自己家里，独赏；爱钱，就把山上值钱的东西连根挖起变卖，独享。至于后果，没人想过，拥有现在就行了，谁还会想到将来呢？即使想过又怎样呢？那是大家的、国家的，与己何干？抑或是自家的，别人管得着吗？如此杀鸡取卵、"斩花"除根，真正让人心寒啊！不知道在偌大的大别山区，到哪里还能找到那漫山的映山红呢？

多美的一个梦呵，刹那间却被切割得支离破碎！

二

就在那几天的报纸上，白纸黑字印着著名物理学家史蒂芬·霍金的预言：地球将在两百年内毁灭，人类要想继续存活只有一条路，移民外星球。这位在轮椅上生活了几十年，但思想却已遨游太空的科学家，其理由并非危言耸听：由于人类基因中携带的自私、贪婪的遗传密码，人类对于地球的掠夺日盛，资源正一点点耗尽。

霍金已经不止一次警示整个人类了，然而，面对霍金的预言，人们的反应有两种：反思和嗤之以鼻。也就在那几天，有报道称，鲁迅终于从教科书中被撤掉了，这不禁让人想到，还有多少人能像鲁迅那样，深刻地做人类的自我批评和反省呢？精神的捍卫者和医生是越来越少了。

古人的每日"三省吾身"，是独善其身，渴思发展进步，而现今一些人对忠言逆耳的"嗤之以鼻"，是否有点狂妄自大、自我膨胀呢？

一棵映山红价值几何？可能数棵映山红还不值一顿酒钱。买映山红的人，可能只是当时一阵欣喜，回家独自观赏几天而已。据说映山红习惯了贫瘠的土壤，习惯了风餐露宿，听惯了山风野涛，享受不了私人庭院的富贵和安静，决不会甘心被人养着，况且一般俗人也根本无法把握其灵性。所以，映山红一旦进入寻常人家，第二年便沉默寡言，不再开花。野生兰草亦是如此。

可见花有骨气，草有灵魂！

花草的风骨如此坚韧、质朴，令人扼腕感叹！

现实中，真正有骨气的人却是愈来愈少了。一些人习惯了这样的习惯：为了自身利益，不管其他，甚至疯狂。这些疯狂为了钱的人和有了钱而疯狂的人有一个共同点：极端自私与贪婪。这种自私和贪婪无法用数字来估算，可以感受到的是，道德的滑坡和沦丧、公德与文明的某些伪善和虚假。

如果有人异想天开玩一个鸡蛋砸石头的游戏，砸中有奖，或许就会有许多人举着百元大钞排队等候，准备一试身手，或许不会有耻辱感和犯罪感，更不会想到就在几十年前，自己的亲人中还有因自然灾害等原因被饿死的悲剧。这莫非便是鲁迅笔下的悲哀吗？

常常纳闷，如果说没有文化，缺少知识，可现在大学林立，各种教育样样俱全，许多人的文化程度愈来愈高，为什么一些人的社会表现如此让人失望？我们究竟缺少什么？是那种消极灰暗的情愫在作怪吗？还是自私贪婪、及时行乐的歪风充斥了世界？思想先哲们带领我们一直在寻找的生命的意义，是不是让人非常失望地走进了死胡同呢？

穿透死胡同，让阳光照进灵魂，这或许才是出路。

三

自私和贪婪是否真的如霍金先生说的那样是先天俱有？如果有，怎么才能寻找到那种遗传基因密码？能肯定的是，在没有寻找到那种遗传密码之前，我们能感觉到自私、贪婪、欲望像瘟疫一样无所不在、无孔不入，攫取与掠夺几近疯狂，浸染着社会的灵魂。如果刻薄一些，是否可以这样说，假如祖宗的骨头能值一套商品房或一辆高档车，也定然会有人从地下挖出来变现消费的！

精神的空间被物质结结实实地填满了！

废俭崇奢，丢"土"崇洋，废朴素尚豪华，鄙崇高尚庸俗；美德成了敝履，享乐成了追求，这样的灵魂扭曲与患病还有什么值得奇怪的吗？

生命太缺少美感了。

艺术即美。人生也应该是一门艺术，可现在许多人的人生就像一幅笔墨太满的国画，少有留白，杂乱无章，何谈美感？片面追求物质享受和感官刺激，缺乏高尚的精神追求，又何来美感而言呢？就像永远走在一条没有尽头的荒漠戈壁上，除了金黄的沙子，再也看不到其他的风景了。

风起于青萍之末。这种骄奢淫逸之风从何而来？审视一番别人，也审视一番自己，或许会有收获。随着时间的日积月累，有人会恐慌和迷茫，不知道人生究竟该怎么活，以为物质便是一切。一夜暴富的人在欣喜若狂之余，也定会茫然无措，不知道脚下的路该如何走。近听一件真事：在一个高校举办的以企业主为主的文化培训班上，一名企业主站起身来堂而皇之地这样请教老师：钱多了花不完怎么办？此刻，教室里鸦雀无声，大家都在等着老师的解疑答惑。

这件事听起来让人想笑，却让人又笑不出声来。

目下名剧重拍蔚然成风，如果现在重拍电影《闪闪的红星》，不知道那句台词"等到映山红开了，你爹就回来了"是否该删去？潘冬子妈妈唱的那句"若要盼得红军来，岭上开遍（哟）映山红"是不是也该删去？如果删了，影片是不是缺少了那种柔软的蕴藉和隽永意味；如果保留，又到哪里才能找到漫山遍野盛开着的映山红呢？总不至于坐在那里想想便会梦境重现吧？

没有花草，青山寂寞，人生更寂寞。"何须名苑看春风，一路山花不负侬。日日锦江呈锦样，清溪倒照映山红。"可叹，杨万里笔下的那种美景画意，如今也成了一个有着历史沧桑厚度的梦境，这让人何其感慨！

但愿"岭上开遍映山红"不再是梦，而是如土地一般触手可及的现实。

身体的滋味

一

愈来愈喜欢宅在钢筋水泥搭建的格格里，一个人，安静无比。即使将音乐开到最大，内心也是无比安静。北眺，巨大的市政公园一年四季只有两种景色：肃杀或绿浪滚滚。南望，永远是高楼林立，唯一变化的，是大片起吊机的突然出现或突然消失。这无关紧要，独自待在安全与安静的家里，看书、听音乐，甚至发呆，都很好。

不喜欢出门，害怕碰到桥塌、地陷；害怕哪天身体不适没有让座，会被人打耳光；害怕那些来往如织的飞车和行人，虽说有斑马线和红绿灯，但他们往往熟视无睹；害怕路边有人随地小便，像随地吐痰一样容易，让我看到感到尴尬或者害臊；害怕一大早小区大门被黑车堵得只剩一条缝，还不敢有任何的报怨。虽说国家很大，这些天南地北的事情并不会汇聚在同一地点或某一时刻，但我还是感到害怕。

还是家里清静，如果有吃有喝，抽水马桶顺畅，宅在家里有啥不好，起码，能保护我脆弱的心脏。

二

愈来愈怕风，窗外的风似乎充满了邪性，尤其是在漆黑的夜晚，在我不知不觉的睡梦里。

床就在窗下不远处，身体强壮时，每晚开窗睡觉，通风凉爽，没有什么不适。然而，不知从哪天起，身体变得弱不禁风了，动辄难受。浓重的鼻音让我分不清是感冒还是鼻炎。有时，喷嚏山响，涕泪交流。再到晚上，只得把窗户留条缝，或用厚重的窗帘遮挡。但风将窗帘鼓鼓吹起，巨大的忽闪声让我难以入睡。再往后，索性关窗而眠，既少了杂音侵吵，也不再惧怕风的邪性。如此，便一夜平安。

是我变了，还是风中衍生出了太多无法把握的介子？我不清楚。但是我明白，在我睡觉的时候，我要将风挡在窗外。

三

我刮了一个光头，锃亮，引来诸多探寻的目光。那天，当我坐在机关理发室的转椅上，说出我深思熟虑的想法时，理发员好心地提醒我：领导同意吗？我笑而不答，扭头看电视里美国好奇号探测器飞上火星的报道。理发员怔了一下，终于动手了。

初秋时节，走在北京宽阔的街道上，一阵风吹过，后脑勺一片凉爽。这是多么惬意的享受呀！我想，生活就应该呈现出更多的本真，连最后的这一丝掩饰也显得多余。

　　头发少的时候，理发员每次都要问，要留长吗？我每次都反问，知道欲盖弥彰吗？况且，头发也白了不少，还得想法焗油染黑，看上去美且年轻。但是谁又认真地想过那后遗症呢？天长日久，谁又知道那后遗症的危害程度？明明知道那是一个恐怖的陷阱，为什么还要漫不经心地往下跳呢？毕竟，外表的美没有生命重要。干脆，剃光了事。

　　从此，不用担心再失去什么，心中，顿时也放下了许多。哦，其实光头也是一种很酷的发型。

日记及民间记忆

人这一生，百岁之寿也不过三万多天。虽说不长，但除了吃喝拉撒睡等本能之需，若想持之以恒做一件"有意义的事"，确实不易，比如写日记。

按说，写日记很简单，不流血不流汗，每天写几个字即可，其实不然。我等贩夫走卒之类的小人物，每天要记的无非鸡毛蒜皮、卿卿我我的琐碎事。天天记之，能不乏味吗？记了一段时间，便开始怀疑其意义所在。所以，不记也罢。但是，个人日记虽说没有多少社会意义，却有点个人意义或家庭意义。哪天翻阅，自我陶醉一下，就像翻阅一本本陈年相册，意义非凡。或者要回忆哪天哪件事，翻翻日记，又觉得流水的岁月赫然在目，欣然万分。于是，又记，且坚持了不短的时间。不知哪天起，忙中遗忘，又不记了。忽地一天有所触动，想记下来，到处找日记本，才发觉已是尘灰覆盖，像田地荒芜许久，野草都齐腰深了。

日子常常是在不知不觉中过去的，很真实。有时候，每天撕一张日历纸的时间都没有，或者想不起来。"逝者如斯夫"的慨叹，面对的是河水，感叹的不正是时间的河流吗！

我的日记是断断续续的，甚至一个本子上，有多年的日记，还有顺序颠倒之作。有时感叹自己竟连日记都记不全，说明无甚坚强意志。一个连日记都不能坚持写的人，还能有多大出息呢？

近日看到新闻，国外一男子每年在妻子生日那天，都会为其拍一张照片，几十年坚持不懈。妻子年老时，他将这些照片制成幻灯片，送给妻子作为生日礼物。可以想见，当那位妻子看到自己从青年至老年的形象宛如电影镜头一般流过，心头会生出多少幸福和感慨。虽说每年只拍一张照片，但时间跨度大，几十年的坚持并不容易。如果容易，也不会被当成新闻漂洋过海地传播了。

坚持写日记的确是一种痛苦。苦忙苦累的时候，尤其不容易。有时，会为自己的懒惰找借口，记性好何必写日记？个人日记有啥用？但是经历了一些岁月以后，才认识到，岁月如梭，往事如烟，若没有文字为证，许多人和事便会被时间模糊或湮没。个人的"小"事消失也就罢了，但个人的经历却往往又是与社会历史紧密联系在一起的，若是缺少这些佐证，时间久了，历史的积尘厚了，还真是有点说不清楚。

从电视上看到有农民记录一些柴米油盐酱醋茶的事，几十年不辍。没想到，那些婆婆妈妈的流水账在不知不觉中反映了社会几十年的变迁，被赋予极大的社会意义。这真是平凡人中的佼佼者、强者，鲜有人做到。

日记本来是个人的隐私物，但现实中也时有作秀之篇。从那些公开的日记中，能感觉到有的日记是记给别人看的，不像是性情的自然真实流露。因为，即使意志低落消沉之时，也是暂时气短的英雄。而那些励志之类，更是可信度不大。一些孩子在成长过程中，喜欢写些日记，记录些懵懂的心事、最初的人生。那是孩子的真性灵，却要千方百计地躲避父母等人的偷窥，甚至加锁。有孩子还会向父母发出正义的呐喊：不许偷窥我的隐私。这才是真正的日记，真实。只是那些孩子尚不懂可怜天下父母心。

有些日记是学问之道，记些掌故趣事、山川风物、思想火花、人物交往等等，待日后闲暇稍作修缮、补充，便是一篇篇精美趣文。这样的日记并不怕人。

近些年，民间记忆逐渐热火起来。这或许多半是从日记中来，或者是日记意义的延伸或补救吧。寻找老兵、上山下乡、饥饿记忆、南京大屠杀、十年荒诞等等，许多人在做着民间记忆的抢救工作。

在历史的骨骼框架下，民间记忆填补了历史的血肉和毛细血管，让历史亲和真实可信，触手可及。如此看来，小人物的日记也自有价值，那是亲历的历史，是历史的心跳、喘息和血脉的律动。有人说，历史由胜利者书写，现在，却由无所谓胜利者或失败者的平凡人、普通人来补充书写，不是更有可信度吗？尤其喜欢那些零距离的真实记录，因为那是原汁原味的历史，就像摆在眼前可以触摸的绸缎，光滑而有质感。挖掘那些珍贵的普通人、平凡人的日记，书写一段真实的历史，让记忆坚实、亲切，显然意义非凡。

近来，微博上有人公然议起三年自然灾害期间的事，其放言伤害了许多人。虽然很快删除了内容，却让人看罢心下惶然。这才不过几十年前的往事，那些经历过饥饿的人尚有许多活在世上，便有人如此说话了。可见我们的民间记忆做得并不到位，尚有许多缺失。对于历史，讳莫如深并非明智之举，如同阿 Q 头上的癞疮疤怕见光亮。结果呢？比如一些人总以为自己很富有了，其浪费之举不仅让人痛心，还让人怀疑其品质。

一个民族敢于直面历史，敢于不忘历史，才会产生凝聚力、向心力。那些被忘记的历史，只能让人质疑、怀疑、多疑，让人心慌、心乱、心悸。如此看来，日记还是要写的，且坚持的人越多越好，记一些好的，也记一些不好的，实事求是，客观公正，让民间记忆真正深入骨髓，不至于让一些人好了伤疤就忘了痛。

日记，民间记忆，关键是持之以恒，虽然很难。

秋深银杏黄

　　秋天，北京的银杏成为一景，完全可以与香山红叶媲美。欣赏香山红叶，要爬香山，欣赏银杏黄叶，却只需漫步街头。十一月的北京，大街小巷，银杏黄叶几乎随处可见。曾有人这样描述银杏：秋风一起，那大街小巷里的银杏树，就像灯一样，刷的一下，被点亮了……

　　多美呵！

　　香山我去过一趟。不知是路径有异，还是时候不到，抑或时节已过，我并没有看到那种令人激动的漫山遍野的红叶。极目尽处，只有三三两两铁红、酒红之类的叶片摇曳在秋风中，与憧憬中的美景相差甚远。说句实话，根本无法与我的故乡大别山相比。大别山任何一座不高的山，在秋冬之季都会呈现出一派大气豪迈的秋色。以黄、红、赭为主色调，辅之以绿，漫山遍野，那种大自然的造化比任何一位山水画大师笔下的色彩都要动人心魄。那颜色的厚重、大胆、热烈和奔放，真有"色不惊人死不休"的意味！

　　但是，京城深秋的银杏树倒是别有一番情致。作家老舍说："秋天一定要住在北平"，"衣食住行，在北平的秋天，是没有一项不使人满意的。"不得而知，老舍时代的京城，是否有现今满城的银杏？如果有，我想他大概还会在这一句话后面再加一句："尤其是银杏。"

银杏又名白果、公孙树，其中"巴山银杏"是世界上现存裸子种子植物中最古老的孑遗植物，因此被人形容为"金色活化石""植物界大熊猫"。每年，天气渐凉之际，秋风将银杏树大部分叶子染成了黄色，那些不情愿褪去绿色的银杏，便被镶了一道金边。银杏叶慢慢由绿渐黄，直至完全变黄、鹅黄、金黄、焦黄……那种黄，像是被水洗过似的，纯粹、通透、凝练，没有一丝杂质，就像能映出人的影像来。在杨树、槐树、柳树等等尚且绿意浓浓的时候，银杏树展现出了另一番风采，实在是让人刮目相看。

穿梭于大街小巷，流连着银杏黄叶，那是一种什么样的奇妙感受呢？就像在建国门外就能看到西山一样。在那种纯净的蓝天下，不冷不热的气温，不坐车，没有人打扰，只有一个人漫步，穿梭在大街小巷，寻找万绿丛中银杏黄，欣赏、抚摸、把玩，静听心跳，无言神交，让情感像溪流汇入大海……即使暮色笼罩，风寒地凉，双腿如铅，也不舍离去。树以静以不言而寿，尽得天地风云之气，它就是伟大、高贵和智慧……

至今觉得最让人震撼的，莫过于京城西北六环边闻名遐迩的大觉寺内那四棵非常有特色的银杏树了。无量寿佛殿前的左侧，千年"银杏树王"高达30多米，远远超过大殿的顶部。这棵雄树直径达8米，要好几个人手拉手才能围拢。乾隆皇帝当年曾为这棵树赋诗一首："古柯不计数人围，叶茂枝孙缘荫肥。世外沧桑阅如幻，开山大定记依稀。"在无量寿佛殿前右侧的另一棵银杏，则显得纤细许多。这棵雌树与对面的"银杏树王"同龄，只是主干已经死亡，但是从主干根部顽强生长出的支干却茂盛异常，仍然延续着其勃勃生机。

大觉寺内北跨院还有一棵树形奇特的古银杏，此树高约20多米，有着500多年的历史，其主树干的周围有九棵粗细不等的小银杏树，就像九个孩子围绕在母亲的身边，人称"九子抱母"。另一棵令人称绝的古银杏，此树雌雄共生一体，只有到金秋时节，巨大的树冠上一半结出圆润丰硕的果实时，人们才能分清哪一棵是雌树，哪一棵是雄树。这棵树像一对情意绵绵的情侣，人称"龙凤树"。

面对这样的古树，眼前分明就是一部活着的历史。

不仅我等凡夫俗子对银杏喜爱有加，历史上许多伟人、名人也对银杏情有独钟。郭沫若曾将银杏树誉为"东方的圣者""中国人文的有生命的纪念塔"，并这样礼赞银杏："梧桐虽有你的端直而没有你的坚牢；白杨虽有你的葱茏而没有你的庄重。"如今，郭沫若故居外层院里，生长得最茂盛的就是十余棵银杏树，其中最为著名的就是"妈妈树"。这棵银杏树是当年郭沫若的夫人回南方养病时，郭沫若和孩子们从西山大觉寺移来的。为了寄托孩子们祝愿妈妈早日康复的心愿，郭沫若给这棵银杏树起名"妈妈树"，默默祝福与自己共患难的妻子能像顽强的银杏一样，战胜病魔，早日回到孩子们的身边。这棵银杏树被郭沫若一家人当成家庭的一员，至今仍在院中茁壮挺拔地生长着。

我以为，北京深秋的银杏，极像蔡琴的歌声，瞬间打动人心。如果一个人没有一定的人生积淀，或者没有一定的内涵，是不会喜欢蔡琴的歌声的。蔡琴一张嘴，声音中便透着苍凉，像笔直的白杨树的枝干直指蓝天，呈现出不屈和高昂的意绪，有着穿透人心的力量，又像丘比特神箭，"嗖"——，击中人心，立马便被征服。心灵的征服只是一瞬间的事，看不见摸不着，但并不虚幻。

没有想到，春夏并没有多少特别之处的银杏，在秋深之际，却尽显峥嵘，很有些大器晚成、西霞满天的风姿和气派。这其实很像人生，年轻时各人的差别并不大，但随着岁月的递进，差别凸显，富庶贫穷，庸俗高贵，天上地下，境遇迥异，不一而足。这其中是否蕴藏着许多人生的道理？

如今，这遍及京城大街小巷的银杏，有了规模，有了气势，更有了力量，让人铭记，让人心醉。

穿行在都市与乡村

都市人内心的孤独与寂寞具有普遍意义，却缺乏诗意，缺乏清澈流水的舒畅。一切似乎都是按部就班，守时卡分，那么有规律，规律得犹如太阳按时升起。这种规律会让生命单调乏味，让生命失去浪漫的色彩。地铁、轻轨、无轨电车，周而复始，来来去去，丝毫不会出轨，也轻易不会误点；地铁里只能听见铿铿锵锵的磨擦声，根本没有风景可言，即使驶上了地面，两边的风景也早已不成"风景"，成了一成不变的"都市道具"。高楼大厦，钢筋水泥，有时却成了禁锢心灵的牢房。

都市本来是让人憧憬与向往的地方，是让人产生梦想的地方，是让人可以创造奇迹的地方，可是同时又是个让一部分人厌倦的地方、痛恨的地方，让梦想破灭的地方。在都市生活得久了，往往会有一种焦头烂额的沧桑感，一种精疲力竭的奔命感，一种心绪不宁的焦虑感。

只有极少数的人会像鱼一样在都市的水里生活得游刃有余，心安理得；也只有极少数的人暂时实现了自己的理想或满足了一己私欲。可是又有谁知道，这极少数人的内心不是伤痕累累呢？！

再粗糙的人也需要诗意，需要柔软，需要宁静，需要激情。

生命需要润滑。

对于一个情感丰富的人来说，对于一个有着乡村情结的人来说，乡村，或许便是对都市的润滑吧！

都市里没有乡村，都市里的乡村都是生长在人们的心里。有阳光的时候，"乡村"蛰伏睡觉，夜深人静的时候，才能听到其生长拔节的声音。

一切仿佛都是在梦中。奔波在都市的人，"乡村"只能活在梦中，梦醒以后，再也找不到那个诗意的乡村了。为了寻找，都市人往往都有这样的梦想：一座房子，一个院子，一块地，然后在地里种花种菜，搭个葡萄架子，让绿荫擎天，让瓜菜飘香，然后读书写作，下棋聊天，听音乐喝老酒，望云卷云舒……身在都市，魂在乡村。然而，这梦中的乡村，虽然繁华，却是两眼空洞。

虽然精神仍然飘忽在半空，但很多人还是在拼命挣钱，想把梦想变成现实，想过那种惬意舒适的田园般的人生，想在灯红酒绿之后享受一番乡村的爱抚，可是又一想，不对，太难了，这是只有富翁才能有的生活啊！于是顿悟，或者说自我安慰，本人少小之时过的不就是这种富翁的生活吗？虽说两种田园不可同日而语，不在一个质量层次上，可是记忆中的乡村总不能忘怀。那里有鸟语花香，也有鸡鸣狗吠，更有柔情和温暖，像情人的手，轻轻抚过你的灵魂。

都市人孤独，便养小动物。小动物成了乡村情结的寄托。

与动物为伴，像找到了一个朋友，一个无需防范的朋友，也找到了一种快乐的寄托。

那个端午节，我去外地玩。当地有个大水库，顺便一游。水边有许多人卖小金鱼、小乌龟以及树桩盆景之类。于是花了二十元买了两只小乌龟。卖主告诉道，给小乌龟喂些小虾米，不能喂多，乌龟是水陆两栖动物，塑料盆里的水无需太多。这一对既幸福又痛苦的小动物随我回了家。说它们幸福，它们小小年纪便住进了京城，品尝了都市的堂皇；说它们痛苦，它们离开了山清水秀的家乡，再也感受不到乡村的怀抱了。当然，这是我的臆想。但它们确实给我寂寞的生活带来了许多快乐。

农村人养动物，养猪牛羊，养鸡鸭鹅，不是为了干活就是为了换钱，或者美味一番。城里人养小动物，却是为了精神上的把玩。狗猫鱼龟之类，那叫宠物。宠物过着比人还好的生活，享受着富贵"人生"。有的人把宠物当孩子养，有的人把宠物当父母养。有些宠物吃的是专门粮食，比人吃的还贵；住着高楼大厦，有温暖的窝，还有专门拉屎拉尿的卫生间。在以人为本的社会，这些宠物充分享受了"以兽为本"的生活，享受着甚至比人更高的待遇。吃穿不愁，医疗也有保障。此外，那些宠物还能充分享受到人性的关怀和尊严：能听到主人隐秘的私语，能在主人的怀里得到百般爱抚。可以说，这些宠物享尽了人间的荣华富贵，此是在"兽间"无法奢求的。但是，这一切又怎能不说明身为都市人内心的孤独呢？离开了土地，孤独便生长了。孤独不需要土壤，却专门生长在水泥钢筋间的虚无缥缈的半空中。

对于小乌龟的臆想，只是我的一厢情愿而已。其实，小乌龟并不舒心，或许它们离开了家乡，也和我们一样具有浓郁的乡村情结，感受到了都市的孤独和寂寞，或许它们厌倦了那个鱼缸的小天地，最终郁郁寡欢。眼看着它们就要绝命而去，在一个雨夜，我将它们放生在楼后的通惠河，还它们自由。或许，在那个已经被污染的河里，它们还能找到家乡的感觉。

从此，我再也没有养过小乌龟之类的动物。所幸的是，在时间面前，都市人最终能找到心灵的大地，高楼大厦间，穿行而过的便是山水田园，像都市的道路一样，都能接通乡村的阡陌纵横……

在生长孤独的地方，我穿行于都市与乡村之间，像是超越了梦想与现实。我不停地行走，漫步，徘徊，流连，似乎只有这样，才能让心脏安静下来。只是，很累。但毕竟有了生命的通道。

附录

沈俊峰之于我是个悬念

马 王

　　钱锺书曾说，假如你吃个鸡蛋觉得味道不错，又何必认识那个下蛋的母鸡呢？

　　事实上，还真有一类读者，因为好奇或对下蛋的母鸡感兴趣，所以才去吃它下的蛋。在选择休闲书方面，我属于此类爱屋及乌者。

　　好友沈俊峰出新书了！

　　我一看书名——《在城市里放羊》，乐了，直接对他在微信里开涮："你是不是和城管关系贼好？"

　　他立马回了我一个"翻白眼"表情。我经常在微信里气得他"翻白眼"，因为我跟他说话很少有正形。他不止一次跟我抗议："你，积点口德，成不？"我立马反击："这要怪你，谁叫你身上有魔性，让我跟你一说话就不由自主口无遮拦。"

　　我和沈俊峰联系不多，偶尔微信里聊几句，必是唇枪舌剑，颇能享受童言无忌般的快感！在我看来，人生一大幸事，或许就是拥有三两个可以任你信口开河而又从不生你气的朋友——老沈即是这样一位好友。

1

初识沈俊峰，他便给了我一个"悬念"。一晃，那是三年前的事儿了。

有一天，我的微信收到一条好友验证消息，发送者"沈俊峰"，显示来自"中国散文学会会员"微信群。

我从不随意加人微信，因为我崇尚"减法"生活，不希望自己通讯录里哪怕多出一个"僵尸粉"。换言之，除非知道"对方"来自何处，或对其有个基本了解，否则我不会通过好友申请。因为对中国散文学会会长红孩管理的"中国散文学会会员"微信群印象不错，所以也就给"群友"沈俊峰开了绿灯，我们"暂时"成了微信好友。

之所以说和老沈成了"暂时"好友，是因为我对新加好友还有第二次"过滤"——通过短暂文字交流，判定新朋友值不值得继续留在通讯录。一向自信对文字的敏锐嗅觉，以及阅人无数练就的洞察力，所以用不着"路遥"便可"知马力"，也不需"日久"即可"见人心"。

和老沈聊天，有点棋逢对手之感。这家伙对文字的敏锐度以及对人的反洞察力极强！问他哪行业发财？他说刚从某报社辞职；问他为嘛辞掉那"肥缺儿"呀？他笑，然后蹦出一句："不想跟他们玩儿了！"天！这话听起来咋有点"250"！结果，原本打算5分钟结束的"测试"性聊天，不知不觉聊出了一个多小时！心想：这家伙还行，空了值得"下几盘"；另外，这家伙很善于防御，这有点让我头疼，倒也激发了我的好奇：他，到底是个什么样的人？

自此，沈俊峰之于我成了一个悬念，他的名字也就长驻在我的微信好友名单里。

2

第一次见沈俊峰，纯属偶然。

去年 7 月的一天早上，我来到北京南站，准备乘高铁回山东老家看望养母。

在火车站狼吞了一个汉堡且灌了一杯咖啡之后，就近去了 WC，出门时迎面望见一个正要进来的光头男人，戴一副眼镜，穿一件绿底儿碎花图案的短袖衫。之所以瞬间 X 光似的扫描了一下那男人，是因为他的光头着实太光了，贼打眼！我仗着自己戴墨镜，目光放肆地窥伺，那男人似乎察觉到了，"唰"一下，目光穿透镜片立马展开"反扫荡"！我赶紧收回，刻意把头昂高了，风一般卷过他身边——但就在经过他时，眼睛余光告诉我：他在回头看我！我一边走向检票口一边瞎琢磨：这人肯定搞文化的，貌似比我还神经质；但绝对不是搞艺术的，因为他的穿着和气质不够感性。

屁股刚在火车上落座，手机即收到一条微信，打开一看——好久未联系的沈俊峰发来的："你刚才是不是在南站？"

我刹那笑了，立马回了条语音："刚在 WC 门口见到的'花和尚'是你！"

他立刻回了俩字："哈哈"。

他说他也上车了，去合肥看望生病的父亲。

我和沈俊峰的第一次见面，是如此传奇般地擦肩而过，之后是分道扬镳。

3

第二次见沈俊峰，是南站邂逅两个月后。

一天下午，老沈发微信给我，说他约了一拨儿文学圈的朋友晚上一起吃饭，问我有无兴趣参加？我说我对文学圈朋友没兴趣，对和他这个"花和尚"聚餐倒是兴致盎然。

聚餐地点在北四环边上的一家徽菜馆，在座的我只认识老沈，于是我挨他左侧坐下。我是个很懒的人，懒得跟陌生人说话，更懒得认识陌生人，但饭局上又不能一句话不说，否则像专门带张嘴白吃的。所以，这样的场合，我对熟人便有一种本能依赖。

大概是看出了我的社交缺欠，老沈在饭局开始前低声向我介绍："坐在上首正中的，是鲁迅文学院的一位副院长 X；坐我右侧的是中国散文学会一位副会长 Y。"

"其他人都是谁？"

"有的是我当年鲁迅文学院的同学，有的我也不认识。"

我对酒桌上的规矩向来一头雾水，只关注什么时候可以随意敬酒，因为这意味着马上可以随意吃饭了。我虽懒得社交，但对人绝对不失礼貌，至少，我会应酬式地敬在场每人一杯酒。

到了可以随意敬酒时，我小声问老沈："告诉我敬酒顺序。我不想丢你面子，因为我是你邀请来的朋友。"

他低声回应："先从 X 院长开始，然后是 Y 会长。其余你随意。"

我故作严肃地说："错！"

他刚喝了一口啤酒还未及咽下，遂用镜片后瞪大的眼睛以示困惑。

我继续板着脸说："第一杯酒应该敬你，没有你我就没有机会敬那两个'长'。"

他瞪大的眼睛瞬间眯成了缝儿，眼角漾起几道扇形纹，与此同时，猛地把口中酒咽了下去——仿佛迟咽一秒就会喷成花洒！之后，他夸张地想打个嗝儿，但只是张了张嘴。

"你别害我笑喷好吗？"他一脸正经地跟我说，"我们之间不需要敬酒，想喝我陪你。"

我冲他坏坏地一笑："真想让我敬你酒，还真是开玩笑！"我站起身，举起酒杯伸向 X，刚说了"X 老师"三个字，老沈立刻低声提醒："叫 X 院长！"我愣了半秒，旋即再次冲 X 说："X 院长……"

这一顿饭吃下来，我心里吃出了一个大大的疑问："沈俊峰如此深谙社交之道，他应该在业界很吃得开，为什么要辞职呢？"

我知道，即使再问他 N 次这个问题，他都会 N 次搪塞说："不想跟他们玩儿了。"

4

羊，是一种动物；羊，也是田园文明的符号；羊，还可能是某些人童年记忆的一枚书签……拿到沈俊峰新书后，心里升起的第一个疑问是：他在城里放的"羊"是吗羊？

因为老沈之前留给我的悬念未解，如今又添新疑问，所以，我迫不及待地翻阅他的新书。没想到这一翻，还真就很震撼——不得不承认，我之前对沈俊峰的主观认知着实肤浅了些！

我看书喜欢跳跃式阅读，具体到读散文集，喜欢挑感兴趣的标题尔后读其内容。

我选读的第一篇文章是《生命的泅渡》。

　　"无法确定是哪一天，或者哪个时刻，心便淋了水，如暮霭中的夕阳，沉落，沉落，沉落，一直沉落到地平线之下。""不想读书，不想写作，不想看电视，不想听广播，不想散步，甚至不想见人……像风中一粒自由移动的碎叶儿，无着无落。""就想变成一料泥土，瘫软，沉默或者痛哭。可是，哭又哭不出来，没有眼泪，也发不出声音，就那么烦躁、懊恼、灰暗、无措……"

开篇这样的文字，一下子就把我带入了他所言的"莫名而至的蛰伏的黑洞"。人生不易，可以说很多人都在坚强而又无奈地活着。但苦撑的坚强，总有轰然崩塌的时候，置身于废墟之时，渴望人助，但往往没人助，事实上很多时候别人根本帮不上忙，只能由着自己黑暗里寻着星点希望做拐杖，扶自己重新站起。我能体会沈俊峰文字中所言的心境与况味，但我不知道的是，他曾在怎样的光景下有过这样无助而又无奈的时刻？

每个人都有跌入黑洞的时刻，但跌入之后的挣扎有别，沈俊峰的内心是：

"很想在无人的旷野，狠命地，肆无忌惮地，迎风怒吼，狼一样的腔调，吼出一些嘹亮的声音，将五脏六腑的污浊、压抑、阴霾统统吼叫出去，让风刮走，让荒野吞没。或者，拿一瓶烈酒，把自己灌醉，醉得不省人事。"

我接下来的好奇是：这个男人究竟经历了怎样的人生历程，才厚积"勃"发，生出这一"吼"为"快"的强烈欲望？

我选读的第二篇文章是《位置》。

文学是什么？这个问题，我也曾思考过。有人说艺术是通灵的。我想，同样是精神产物和精神表达的文学作品和文学创作也一样。也就是说，艺术作品也好，文学作品也罢，都是创作者人格和心境的物化，它们所辐射出的精神能量，可以滋养或腐化别的灵魂；相应地，艺术家和作家在创作时，首先外放的是自己的心性，这是一种生命的灵性出口，首先带给自己释然的快感；如果遇到共鸣者，则又会大大升华这种快感。所以，我很理解为什么很多人喜欢写作，哪怕是仅仅写给自己看的日记，这样的心灵有一个共性：善感而孤独。一颗善感的心不得已积累了多于常人的感知和感受，在无人可以快乐交流的时候，那种如气球般鼓胀到极点的感觉迫切需要一种出口——自说自话式的写作便成了一种选择。某种角度讲，写作首先是写给自己的，然后才可能派生出社会价值。

　　"文学是我心里的一个梦，它始终都在。"

　　"当初，得为生计忙，又不甘心梦想被搁浅，于是我选择期刊，做新闻记者，当报刊编辑，一做二十多年。"

　　"新闻虽由文字码成，离文学近些，但与真正的文学实在是相距十万八千里。"

　　"梦想与现实，像两只红了眼的狗，在我的脑海中，用牙齿撕咬，用爪子蹬踢，随时要置对方于死地。我不得安宁，饱受折磨。"

　　事实上，深层折磨沈俊峰的，未必是"现实"与"梦想"的冲撞，而是他内心的强烈的自尊与自重。

　　首先，他对自己的才华是自信的，他觉得他的才华足以成全他活得自尊且自主，从而实现更大的人生价值和社会价值，但事实是，他违心地替很多不如他的人效劳。

　　"全国各地发过来的那些鸡零狗碎的文字，我几乎都得重新写过，才能发表。这些发表的稿件，只是为了让某个人喜欢，因为这个人重要，握我命脉，仅此而已。"

　　"日复一日的疲惫应付中，我的文学梦几近枯萎。

难免悲凉与痛心。"

"我感觉自己变成了一粒微尘，在空中悬浮、游荡。我天天穿梭于丛林一般的高楼大厦之间，毫无脾气地被堵在路上，雾霾似的虚空感越发地强烈。"

沈俊峰曾拜访过冯骥才，冯冀才赠他一本自己的著作——《灵魂不能下跪》，该书序言中有这样的文字：

"灵魂又是看不见的。因为它是一种形而上的精神。思想、品格、信仰、原则都在其中。这是独立的、个体的、尊严的、不可侵犯的。它是比肉体还要高贵的人之本。所以无论面对谁、为了什么，灵魂都不能自我违背而屈膝下跪。下跪是一种放弃，放弃的是自己至上的尊严。"

冯骥才崇尚灵魂挺拔的思想，一定击中过沈俊峰内心某种缠缠绕绕里的挣扎与犹疑。不管怎样，终于有那么一天，他做了一个"君子弃瑕以拔才，壮士断腕以全质"的决定——

"不能虚耗光阴了，我决定离开那个'风光'无限的位置，寻找属于我自己的位置，哪怕这个位置是一片荒漠，寸草不生。前途未卜之际下决心，等于是一场赌博。从一辆高速行驶的华贵的列车上，我坦然跳下，践行我对文学的热爱和信仰。"

读到这里，我终于明白了沈俊峰何以从某报社炒了自己鱿鱼。

5

一个悬念有了答案，另一个悬念仍悬而未决。我直接翻到了《在城里放羊》这篇文章——

"有那么几年，家里养了两只山羊……我先是兴奋，割草喂它们，但那种兴奋劲儿渐渐地消失了，甚至成了精神的负担。为什么其他同学可以尽情地玩，我却要放羊？我成了可怜的另类。独一无二没有让我自豪，却让我痛苦，甚至自卑。那是一种心灵的折磨。"

表面上看，一个孩子比邻家孩子多出了"放羊"任务，谈不上会怎么痛苦，更不该因此生出"自卑"来；但了解了沈俊峰一家跟着在军工厂工作的父亲"农转非"的背景，他当年放羊的感受就不难理解了：那是个工、农界线分明的年代，"放羊"成了一种"农民身份"的标签。他要摆脱的不是放羊这件差事，而是"农民"身份。

在相当长的一段时间里，沈俊峰一直在跟命运掰手腕儿：考过中专，当过老师；从镇上混到县城；又从县城混到省城；女儿考上了北京电影学院，他又把自己移植到了北京。这样的人生历程，不难看出沈俊峰是一个不甘平庸的人，在一次次摆脱束缚的磨砺中，他越来越自信，当然，也承受了别人无法感知、甚至无法理解的沉重——原因很简单，他是一个善感的具有文学特质的人。不过，不必担心这些沉重压垮他，他自有他的智慧——这种智慧是他生命之初在生命原乡的那段经历滋养出来的。

有一天，他在北京家附近的一条河边遛弯儿时，看到一个农民在放羊——

> "我呆呆地看着那群羊，我无法将那群羊从脑海中抹去，就像一个跳跃的音符，一枚金黄的落叶。而且，我竟然在某一天有了吃惊的发现，从我进城的那一天起，我就一直在放羊了。"

对于生活在城市中的人来说，每个人都是放羊人，为自己的欲望放牧着自己和自己所能放牧的他人；每个人也都是被放的羊，同样是因为自己的欲望。所以人的幸与不幸，并不是因为"放"与"被放"的身份与权力，而是因为自己遇到了怎样的"主人"和自己做怎样的"主人"。

少时的沈俊峰，在明知暂时摆脱不了放羊的命运时，他便想法儿减轻自己的放羊负担——

> "将羊放上门前一座绿植覆盖的小山，让它们每天都像是在大自然中吃着丰盛的自助餐，然后酒足饭饱地下来。山羊温驯懂事，通'情'达'理'，按部就班，从来没有试图逃跑过。"

也就是说，少年的他，以他少年式的方法，给了羊自由，也给了自己轻松。但他眼下看到的城里人放羊并非如此——

> "羊们悠闲，也慌张，争先恐后往前跑，争那一口青草。羊肚已经发黄，也没人洗。呵，看羊成了我的固定节目，就像是我在放羊似的。放羊非要拿着一根鞭子吗？心和目光不是最温柔的鞭子吗？"

城里不是不可以放羊，问题是如果缺失了信任与善待，羊的生命质感欠佳，放羊人的生命质量又能好到哪里去？

> "我享受着城的繁华，却总是情不自禁地让灵魂背叛。这是城的魅力和风情，也是我的痛苦和幸福。对城，我崇拜，却也是爱恨交加。""有人说，沉溺于过去的烟雨是懦夫，勇敢的人只会往前。但是，我还是喜欢在城里放羊，放羊让我心安和开阔。"

既向往田园的纯净与自在，又离不开城市的种种好，这种灵魂的纠结，或许是现代都市人的通病吧？但能于喧嚣的闹市，善于给自己一种唯美的、田园式的放羊心态，也不失为一种智慧。

乡愁不该是愁，更该是一种渗透原乡记忆的丰富而温暖的情愫，有了这份情愫，再薄的都市人情也会渐出暖亮的色。

6

尽管关于沈俊峰的第二个悬念也有了答案，但不知不觉
地，我却一改自己挑挑捡捡的跳跃式阅读习惯，一篇篇地往
下翻读起来……

"伸出一条利益的腿，旋转三百六十度，扫堂腿一
般画一个圈，有用的朋友被画在圈内，小心呵护与经
营；没有什么用处或用处不大的朋友，自然是将其画
在圈外。人这一辈子，估计会画许多这样的圈吧？从
前，我对这种行为充满了鄙视与仇恨，现在，则多了一
分理解与宽容。""只有极少数的人，如果也算作朋友的
话，很难走入我的内心。不是我的心门关闭，是因为这
些半途闯来的人，多无趣味，或多有功利，戴着一副面
具也未可知，让人觉得虚幻，不真实，甚至让人憎恶和
恐惧。"

《朋友》中的这些文字，让我读出了沈俊峰社交矜持的
原因，读出了他简约式做人的原则，当然也理解了他的某种
孤独。

"松露走路，屁股一扭一扭，胯部一耸一耸，性感
得可笑。这个聪明、温驯、听话的'小伙子'，喊他一
声，就会立刻跑到主人身边，从不外恋……好色的花
少，见了其他的同类，就像花痴，毫不难为情地凑上

去，一门心思想着那点好事……”

《生命的囚渡》里这样的文字，让我读出了沈俊峰内心的柔软，在他眼里，狗非狗，是招疼、惹人爱的通人性的生灵。

"自从有了女儿……铁石冷硬的心，慢慢地柔软、温暖和慈爱，不再与人争强斗狠，不再粗声大嗓咆哮，不再说粗话脏话，温和理性，心性向善。所有的改变都像春雨润土，长在肉里，淌在血里。"

"出嫁，意味着要离开这个家了，过他们自己的幸福小日子。这样的离情别绪，悄悄袭上心头，让人有点魂不守舍。有时候，会莫名流了泪，抹泪时，忍不住又笑，笑自己脆弱和多情。然后，复又沦陷，陷入一个情感的循环。像一个迷路找不到家的孩子，闯到一块情感的荒原，走走停停，打起了转转。"

《父母是孩子的一座庙》中的心迹流露，着实让我有点意外：人说父爱如山，沈俊峰对女儿的爱却是如此细腻与深沉！

"安徽，尤其是合肥地区的人，性豪爽，酒至酣处，往往情不自禁。'来，炸个罍子！'话语间，放弃小酒杯，端起大杯，或是小酒壶，与朋友碰杯，然后一饮而尽，先干为敬。"

当我读到《矗街小吃》里这段内容时，忍不住想起第一次、也是唯一一次和沈俊峰一起吃饭时跟他说的一句话："真想让我敬你酒，还真是开玩笑！"现在，读完他的《在城里放羊》，有点后悔那句话了，因为突然发现这家伙其实挺值得我敬酒的，哪怕仅仅是他对文学的执着，就足以值得我敬。改天再和他聚餐时，我一定会用大杯斟酒，然后对他说："来，炸个矗子！"

7

从某报社欣然辞职的沈俊峰，身心获得了很大的释然，但这个光头家伙似乎并未全然从某种孤独中解脱出来，或许他注定是个精神世界里的苦行僧。前几天看到他发的一张近照：脖子挂了一个佛像，手腕上戴了串念珠。蓦然记起他半年前曾说他有了一个高僧师父。

这家伙至少短时间内不会超脱到哪里去，因为他呈现于《在城里放羊》的情怀是如此丰富而厚重——一个心里装满了对故土恋、对家人爱、对文学执的人，即便他再感觉在城里"放羊时，天空总是那么高远"，他也注定要在相当长的时间里踏着黄土活成厚土。但，相当长时间之后呢？

沈俊峰之于我依然是个悬念。

行文至此，下意识地弄明白了一个关于我自己的问题：为什么有时选购书会爱屋及乌？答案是：一个人如果做人都做不好的话，能写出好书吗？

最后，谢谢老沈的《在城市放羊》，没让我失望！当然，更要谢谢老沈这个家伙，更没让我失望。

原载中国副刊公众号、《星河》2020年第4期

【作者简介】马王，笔名北京了了，北京道非道文化传媒有限公司总经理。著有长篇小说《柔韧的围剿》《沉梦遗香大运河》《孩子们的心灵出口》等。

沈俊峰散文的根与魂

——评散文集《在城里放羊》

蔡先进

　　通读知名散文家、第七届冰心散文奖得主沈俊峰散文集《在城里放羊》（安徽文艺出版社，2020年4月版），感觉行文老到圆熟，精于背景铺排与渲染，尤其擅于从日常生活表象提炼升华作品的意旨，在批判与沉思中擢升人生的底蕴，感觉其散文"心系苍生、关心他人，对他人、对生命有种怜悯的情怀"。在笔者看来，悲悯情怀是沈俊峰散文的根，生命意蕴就是其散文的魂，沈俊峰通过他的散文写作实践，实现了"藉悲悯情怀开掘生命意蕴"的审美追求。

　　悲悯情怀是沈俊峰散文的根。读散文集《在城里放羊》，你会被其浓郁的批判色彩与反思意识所感染，其"审悲"风格像极湖北实力散文家野夫，那种揭示时代隐痛的力度与直抵生命痛感的笔触，读来尤其震撼人心。沈俊峰的散文极少涉及儿女私情，也没有花前月下的卿卿我我，他不是一个有喜剧情结的作家，他的散文尤其注重批判与反思，从这个角度理解，可以说他是颇有悲剧情结的人。他有悲剧情结，说明他拥有悲天悯人的情怀。而有无悲悯情怀是衡量一位作家作品思想深浅的一项重要标尺。沈俊峰的散文无疑是具有思想深度的。第一辑《城头新月》中《离土的蒲公英》《仰望一棵草》《空瓶子》《何以心慌》等散文直面现实，入木三分刻画时代隐痛，体现了作者的家国情怀，彰显了作为有良知、有担当的当代文人的责任感。

"生命意蕴的开掘"是沈俊峰散文的魂。沈俊峰骨子里有股傲气、叛逆和不安分等因子，是其散文魂的外在体现。散文集《在城里放羊》描绘了他在青年、中年时期的各种人生奋斗历程，对自由人生的追求与理想的求索，他对人生的思索、阐释与拷问，那些深沉睿智的人生感悟，读来刻骨铭心、痛彻心扉。《仰望一棵草》可谓是一曲对敬业奉献的中师生的盛情礼赞！该文浓墨重彩抒写了作者作为那一代中师生，作为"人类灵魂的工程师"的勤勉正直坚韧纯真的优秀品质，写出了"生命的痛感"，读来让人掩卷沉思。

第二辑《心中暖酒》偏重亲情、乡情与乡愁题材。其中《生命的泅渡》刻画了作者在安逸状态下心境的无助、落寞与沮丧。《何以心慌》写医患关系，将批判的箭头直指医护职业道德的缺失："把责任和义务看成了利益的幻影"，淋漓尽致描绘了患者家属心理的敏感、脆弱与无助。

第三辑《梦中诗情》收录了作者作为编辑记者采写名人的文化散文，这组散文细节丰满，传奇色彩较浓，尤其注重人生底蕴的发掘。这类作品属宏大题材，弘扬社会正能量、彰显时代主旋律，读来鼓舞人心。《假如可以再生，我仍选择中国》热忱讴歌中国"两弹元勋"邓稼先为了保守国家秘密，隐藏身份28年，默默无闻献身于"两弹"事业——那种

"鞠躬尽瘁，死而后已"的爱国主义情怀。当我读到邓稼先身先士卒冒着风险手捧实验失败散落的核弹头，"被强烈的射线严重损害了身体"的那一刻，我不禁心潮起伏，对他肃然起敬。毋庸置疑，邓稼先伟大的人格魅力肯定也征服了读者诸君。

《蘸得黄河写情深》写《铁道游击队》作者知侠与刘真骅历经磨难、惊天动地的传奇爱情故事。在无缘见面的那些日子里，他们鸿雁传书，洋洋洒洒写下了160万字的情书，成为日后相濡以沫的精神动力！好在有情人终成眷属，圆满的结局契合了读者的审美期待。《大树连根》赞颂"皖南事变"时局下新四军与人民鱼水情深，讴歌了深明大义、舍生忘死的父老乡亲，弘扬了烈士后代孟皖留知恩图报的美德。《最美的笑容》缅怀抗日女英雄成本华大义凛然、慷慨就义的浩然正气，提醒读者谨记：新中国的和平安宁是无数革命烈士用鲜血和生命换来的，请珍惜当今美好的生活。

其实，沈俊峰作为刚毅勇猛的热血男儿，也有温存柔婉的一面。散文《满城灯火》《送您一束康乃馨》《五月在医》等篇什关乎亲情的交流与碰撞，便是其中的代表之作。《满城灯火》写日常生活琐事，充满浓厚的人情味和人情美。该篇描写作者陪同父母去公园散步，一不小心弄丢了父母，那种焦灼不安、懊恨自责的心情，读来感同身受、动人心弦，孝子的形象塑造得生动传神、跃然纸上。《送您一束康乃馨》从两个方面为年逾古稀的母亲抱屈，一是她没有念过私塾和学堂，二是从没有正式过一个生日，为一家人的生计呕心沥血、无怨无悔；文末由母亲老来丰富多彩的生活，引发思考:"人生的意义在于我们拥有一颗怎样的心,去寻求一个怎样的生活。"给予读者以人生的启迪。《五月在医》精心赞美了二老节俭勤劳的品德,文中漫溢出父母对后辈的体贴与关爱,作品旨在告诉读者:"父母在,人生尚有来处。"(朱文光语)

当然,沈俊峰散文也有遗憾之处:行文过于传统正统,守正之外缺乏创新。建议他以后创作时,适当融入幽默诙谐调侃的语调,浸润适度的人间烟火气息、人情味,着力凸显情趣或情调,追求恬淡自适的情怀,通过娓娓话家常的亲切氛围去打动读者,力求大俗成雅、雅俗共赏的写作境界,因为这才是散文大家应秉持的风范。

原载《华西都市报》、中国作家网

【作者简介】蔡先进,笔名纳寒,自号淡朴斋主,20世纪70年代出生,武汉新洲人,系第七届冰心散文理论奖获得者,中国文艺评论家协会会员、中国散文学会会员,湖北省作家协会会员。著有散文集《灵魂劲歌》、文学评论集《怀揣月光上路》和散文评论集《淡朴斋琐话》,其中《淡朴斋琐话》荣获第七届冰心散文理论奖。